www.tredition.de

AF196898

Björn Schmidt

Herrn Ohlmanns Sehnsucht nach Brot

www.tredition.de

Verlag und Druck: tredition GmbH, Hamburg

ISBN
Paperback: 978-3-7469-5887-3
Hardcover: 978-3-7469-5888-0
e-Book: 978-3-7469-5889-7

Kapitel 1

Hans Heinrich Ohlmann hatte, soweit er sich erinnern konnte - und sein Erinnerungsvermögen funktionierte gemeinhin gut -, noch nie Probleme mit Kopfschmerzen gehabt. Einmal, er war sechzehn, als man ihm einen Ball an die Birne geknallt hatte, und einmal im mittleren Erwachsenenalter als Beigabe eines grippalen Infekts – häufiger nicht. Zwar konnte man nicht behaupten, er wäre ein rundum gesunder Mensch, seine Schwachstellen kannte er wohl, das Cholesterin, der Blutdruck, aber der Kopf gehörte im Großen und Ganzen nicht dazu. Wenn er ehrlich war, und das war er zu seinem eigenen Bedauern nicht immer, war er sogar ein wenig stolz auf seinen Kopf. Sein Kopf war der eines denkenden Mannes, eines vernunftbegabten Wesens, eines Homo Sapiens Sapiens mit Hang zu gutem und deftigem Essen. Wurstsalat war eine seiner Lieblingsspeisen. Wurstsalat oder Schweinerückensteak mit Bratkartoffeln. Dazu ein frisch gezapftes Pils. Oder noch besser: Mineralwasser.

Herr Ohlmann stöhnte. Mineralwasser war genau das, was er jetzt gebrauchen konnte. Sein Hinterkopf pochte unangenehm stechend im Takt des viel zu laut tickenden Weckers. Er knüllte sein Kissen anders zusammen, um seinen Kopf so weich wie möglich darauf zu betten, aber das Pochen verstärkte sich nur noch. Nach zwei weiteren erfolglosen Versuchen, das Kissen kopfschonend umzuformen, stieß er es weg und verließ entgegen jeder Vernunft das Bett. Wegen der plötzlichen Erschütterung raste sein Hirn wie noch nie. Das Kissen hatte er schon immer gehasst. Es gehörte zu diesen schrecklich ausgebeulten Erfindungen, wie Margret sie mochte. Margret mochte auch furchtbar flauschige Daunendecken, die dicker waren als lang und einem die Atemluft auslöschten wie eine Betonwand, dafür aber die Füße, sofern man sich nicht zusammenrollte wie ein

Igel, regelmäßig der Kälte auslieferten. Margret hatte das Problem nicht. Sie war kurz, nur etwa ein Meter sechzig, vielleicht auch eins zweiundsechzig, manchmal kommt es den Frauen ja doch auf die Größe an.

Herr Ohlmann schüttelte sich. Er verschränkte die Arme hinter dem Kopf und versuchte, sich im Spiegel des Schlafzimmerschranks zu betrachten. Viel erkennen konnte er nicht, was vielleicht auch gut so war, denn es war noch recht früh am Morgen und durch den Spalt der angelehnten Tür fiel nur wenig Licht. Margret klapperte unten bereits mit dem Geschirr. Wahrscheinlich ahnte sie noch nicht einmal, dass jedes Geräusch ihm Pein verursachte, denn Margret war, was die weniger alltagsbezogenen Dinge des Lebens betraf, erstaunlich naiv. Kurios eigentlich, da sie doch sonst Gefahren witterte, wenn andere sich noch auf der sicheren Seite wähnten. Margret konnte zum Beispiel Krümel erkennen, die normale Menschen selbst unter dem Mikroskop nur erahnten, und sie hatte auch ein Händchen für Anschaffungen, die einem, wenn nicht getätigt, über kurz oder lang noch leidtun würden.

Herr Ohlmann hatte keine Lust, Margret in der Küche zu helfen, zog sich stattdessen Hausschuhe und Bademantel über und schlich unbeobachtet nach unten und von dort über die Terrassentür hinters Haus. Ein Irrsinn, im Oktober ein Gartenfest zu veranstalten. Genauso hatte es Margret Wochen zuvor auch formuliert: „Ein Irrsinn, im Oktober ein Gartenfest zu veranstalten." Und es war nicht einmal Anfang Oktober gewesen, sondern Samstag, der vierundzwanzigste, als Herr Ohlmann seinen sechzigsten Geburtstag feierte. Nun war Sonntag, der fünfundzwanzigste, und Herrn Ohlmann wunderte es sehr, dass er in den Taschen seines Morgenmantels noch Zigaretten fand. Der Morgendunst und der Zigarettenrauch vermischten sich zu einer trüben Wolke, die in etwa dem leeren Gefühl entsprach, das sich in schmerzfreien Sekunden in Herrn Ohlmanns Kopf ausbreitete. Leer war auch der Garten und doch viel voller als gewöhnlich, denn es standen über dreißig Bierzeltgarnituren darin herum. Menschenleere Bierzeltgarnituren, gefüllt mit leeren oder halbleeren Flaschen, Gläsern, Aschenbechern. Dekoriert ganz klassisch in weiß-blau. „Blau-weiß", hatte es Margret genannt, und Herr Ohlmann staunte selbst darüber, dass ihm die korrekte Bezeichnung „weiß-blau" so wichtig gewesen war, lebte er doch Hunderte von Kilometern von der Grenze zum Freistaat Bayern entfernt.

Lange hatte Herr Ohlmann überlegt, wen er zu seiner Party einladen sollte. Schulfreunde hatte er ein paar recht gute gehabt, aber die letzten Kontakte waren vor über zehn Jahren eingeschlafen, und so wäre es wohl unglaubwürdig gewesen, dort noch einmal nachzuhaken. Er wusste selbst noch zu genau, wie er sich gefühlt hatte, als er mit zweiundvierzig eine Einladung zur Hochzeit eines Freundes erhalten, den er achtzehn Jahre zuvor zum letzten Mal gesehen hatte. Instinktiv hatte er Mitleid mit diesem Freund verspürt, der offenbar niemanden kannte, mit dem er seine Feier hätte aufpeppen können. Wie wäre es wohl anders zu erklären gewesen, dass der Freund ausgerechnet ihn, seinen Banknachbarn in Englisch, hatte ausgraben müssen, nur um vor gegenwärtigen Bekannten mit seiner Vergangenheit zu prahlen? Gottlob war Herrn Ohlmann, nachdem sich die erste Freude über die unverhoffte Einladung gelegt hatte, eine gute Ausrede eingefallen, die er schriftlich und unter Wahrung der Höflichkeit auf den Postweg brachte. Jedenfalls hatte er seinerseits niemanden in die Verlegenheit bringen wollen, von einer Einladung überrascht zu sein und vor der Wahl zu stehen, sich zu mittlerweile fremden Menschen begeben oder sich eine letztlich durchschaubare Ausflucht ausdenken zu müssen.

Der Kegelclub war klar. Man hatte sich in den vergangenen Jahren reihum zu runden Geburtstagen eingeladen, und wie hätte es da ausgesehen, wenn ausgerechnet Herr Ohlmann, der beinahe noch zu den Gründungsmitgliedern gehörte, da eine Ausnahme gemacht hätte? Neun Leute umfasste der Club, der den Namen „Alle Neune" schon trug, als man noch zu sechst gewesen war. Aber nun war man zu neunt, und dies noch zu ändern – hier war sich Herr Ohlmann sicher, für seine Vereinskameraden mitzusprechen – kam wohl niemandem mehr in den Sinn. Der Kegelclub war eine ausgewogene Gesellschaft. Gewiss, mit dem einen oder anderen Mitglied hätte er in anderen Zusammenhängen womöglich weniger gut harmoniert, aber Kegeln sorgte eben an sich schon für Harmonie und brachte einen ruhig und unspektakulär zur inneren Mitte. Man saß, man erzählte, trank und rollte die Kugel – Säuglinge auf Kuscheldecken hatten es nicht besser. Einzig offene Frage in Bezug auf den Kegelclub war die nach der Einladung der Frauen gewesen. Zwei davon waren mit Margret befreundet und konnten, soviel Unverschämtheit musste und durfte sein, sogar bei der Organisation des Festes helfen. Zwei weitere hielten sich unauffällig im Hintergrund, zwei waren ihren Männern weggelaufen ohne für Ersatz zu sorgen, eine war eine äußerst unangenehme Schreckschraube und eine bereits tot – Isabelle, die hübscheste von allen. Verdammter Krebs.

Herr Ohlmann hüstelte und zog nachdenklich an seiner Zigarette. Er hatte sich schließlich entschieden, den Kegelclub mit weiblicher Begleitung einzuladen. Das passte erstens besser in das Gesamtbild und zweitens, wichtiger noch, konnte er es Margret nicht antun, auf ihre beiden fleißigen Freundinnen zu verzichten. Und nur diese beiden Freundinnen ohne die anderen Partnerinnen der Kegler einzuladen, wäre dem gemeinen Kegelbruder schwer vermittelbar gewesen. Reine Glückssache, dass ausgerechnet die Schreckschraube kurzfristig absagen musste – Halsentzündung, aber vielleicht auch nur vorgeschoben. Obwohl, Schreckschrauben und andere Sorten unangenehmer Menschen, da kannte Herr Ohlmann keine Ausnahmen, suchten eigentlich nie nach Gründen, einen mit ihrer Anwesenheit zu verschonen. Im Gegenteil, sie waren immer dort, wo man sie nicht haben wollte, und quälten einen mit lauten und unangenehmen Gesprächen. Wahrscheinlich war es wirklich eine Halsentzündung. Schade nur, dass der Mann seiner Frau zuliebe ebenfalls zu Hause hatte bleiben müssen.

In Herrn Ohlmanns Kopf pochte es wieder etwas stärker. Er hätte sich nicht so tief hinunterbeugen sollen, um die Zigarette auszudrücken. Wozu besaß man Füße? Jeder Mensch besaß Füße – auch die Arbeitskollegen. Vor allem die Kolleginnen beeindruckten gern mit hohen Absätzen unter ihren Schuhen. Auf dem Amt hörte sich das irgendwie kompetent und tatkräftig an, wenn sie damit die allabendlich geschrubbten Flure auf und ab marschierten. Als ob das Gesetzbuch laufen gelernt hätte, so hart und verbindlich takteten sie einem durch die Ohren. Aber das Gesetz konnte nicht laufen. Das Gesetz, das wusste Herr Ohlmann, der sich seit vielen Jahren damit befassen musste, aus leidvoller Erfahrung, konnte sich noch nicht einmal verständlich ausdrücken, wie hätte es da laufen sollen? Eigentlich war das Gesetz nur dazu da, den Politikern zu ermöglichen, es zu ändern. „Wir brauchen eine Gesetzesänderung", hörte man immer wieder, wenn Politiker Arbeitsnachweise erbringen mussten, „wir brauchen ein neues Soundso-Gesetz". Für Herrn Ohlmann hätte das Grundgesetz in seiner Ursprungsfassung voll und ganz genügt. Genau genommen war ihm selbst das noch zu viel, und er hätte, die biblischen zehn Gebote als Basis nehmend, mit sich selbst die Übereinkunft getroffen, es auf die Goldene Regel zu beschränken: „Was du nicht willst, das man dir tu, das füg' auch keinem andern zu" war wenigstens ein Gesetzestext, den jeder verstehen konnte. Aber die Kolleginnen mit den lauten Schuhabsätzen verkauften selbst die verzwicktesten Unterparagraphen noch derart seriös, dass man meinen konnte, sie wüssten, wovon sie redeten.

Leicht war es nicht, aus den einhundertzweiunddreißig Beamten und Angestellten seines Amtes eine zumutbare Zahl einladbarer Gäste herauszudestillieren. Er hätte sich natürlich auf die zwanzig Personen beschränken können, die in seiner eigenen Abteilung tätig waren, aber erstens konnte er die nicht alle leiden, und zweitens hätte er einigen guten Bekannten aus anderen Abteilungen damit schmerzliches Unrecht zugefügt. Der Skatrunde aus der Mittagspause zum Beispiel. Oder den Wanderfreunden aus der Betriebssportgruppe. Herr Ohlmann entschied sich schließlich für achtzehn Männer und neun Frauen, denen er sich aus den unterschiedlichsten Gründen zugetan oder zumindest verpflichtet gefühlt hatte. Unter den Frauen waren auch drei mit regelmäßig stark erhöhten Schuhabsätzen gewesen, und Herr Ohlmann hatte ihretwegen überlegt, auf die Einladungskarten etwas von gartengerechter Kleidung zu schreiben, es dann aber belassen. Erwachsene Menschen würden schon in der Lage sein, im Lampionschein den schwerwiegendsten Schlammpassagen auszuweichen, was sich in der Praxis dann auch als weitgehend zutreffende Annahme herausgestellt hatte.

Herr Ohlmann hatte sich zwischenzeitlich an eine der Bierzeltgarnituren gesetzt. Auf dem Platz hatte am Vorabend der Nachbar von schräg gegenüber gehockt, aber nur kurz, da er am Abend noch zu einer Vorstandssitzung in die Innenstadt hatte fahren müssen. Der Nachbar war Kriminalkommissar, ein ernster Mann, in dessen Nähe man sich immer auch selbst ein bisschen ernster und wichtiger fühlte. Herr Ohlmann unterhielt sich üblicherweise gern mit diesem Herrn, aber gestern hatte er ihn auf einmal aus unerfindlichen Gründen nicht mehr leiden können. Dabei hatte sich nichts an dem Menschen selbst geändert, er hatte immer noch dieselbe seriöse Aura, denselben disziplinierten Gesichtsausdruck und auch dieselbe liebenswerte Frau an seiner Seite sitzen, die es durch freundliches Grüßen und gepflegten Smalltalk immer wieder schaffte, das ohnehin schon angenehme nachbarschaftliche Klima in der ruhigen Wohnstraße noch erfreulicher zu gestalten. Herr Ohlmann überlegte, was genau ihn an dem Nachbarn gestern so gestört hatte, kam aber beim besten Willen nicht mehr darauf. Die Vorstandssitzung konnte er ihm gewiss nicht verübeln, das wäre kleinkariert, und kleinkariert wollte Herr Ohlmann nicht sein. Immerhin war der Mann zwei volle Stunden auf der Feier geblieben und sogar nach seiner Rückkehr aus der Innenstadt noch einmal vorbeigekommen, um sich mit den verbliebenen Gästen zu unterhalten – nicht aber mit Herrn Ohlmann, der ihm tunlichst aus dem Weg gegangen war.

Der Kommissar war mindestens dreiundsechzig, genau wusste es Herr Ohlmann nicht, weil der Nachbar nicht zu feiern pflegte, aber er hatte das Alter vor Jahren in irgendeinem Artikel in der Lokalzeitung erwähnt gefunden und seither grob mitgerechnet. Kurios, dachte Herr Ohlmann, dass er das Alter des Kommissaren immer aus der Erinnerung an das Erscheinungsjahr des Lokalzeitungsartikels errechnete und nicht, wie es naheliegend gewesen wäre, als kinderleichtes Hinzuzählen der Jahre, die der Kommissar seinem eigenen Lebensalter voraushatte. Warum zum Teufel, dachte Herr Ohlmann mit stechendem Schädel, hatte er damals nicht darauf geachtet, wie viele Jahre der Kommissar älter war als er selbst? Warum hatte er sich die Rechnerei so schwer gemacht und seine Erkenntnisse auf ein längst in Vergessenheit geratenes Stück Papier gestützt? Vor allem aber: Was hatte ihm der nette Herr Nachbar gestern angetan? Hatte er beim Gratulieren eine komische Bemerkung gemacht? Hatte er ihn dabei schief angesehen? Es war einfach nicht mehr herauszufinden, und Herr Ohlmann stand wieder auf, während er zum wiederholten Male am heutigen Morgen die Erfindung des Alkohols bedauerte.

Der Ort war einfach trostlos. Herr Ohlmann, der seinerseits dazu neigte, bei grenzwertigen Trinkgelagen sein letztes Glas oder seine letzte Flasche einfach irgendwo stehen zu lassen, hätte nicht gedacht, wie viele seiner Mitmenschen genauso verfuhren. Nicht dass er ihnen das Maß an Intelligenz, das hierzu nötig war, nicht zugetraut hätte, aber er hätte den meisten Leuten in diesem Zusammenhang doch einen größeren sportlichen Ehrgeiz unterstellt. Vielleicht aber auch die Souveränität, das letzte Getränk erst gar nicht in die Hand zu nehmen.

Herr Ohlmann schlurfte zum Schuppen, holte sich einen leeren Eimer und begann damit, die Getränkereste, Tisch für Tisch, hineinzuschütten. Die Idee mit der Gartenparty war wirklich bescheuert gewesen. Warum hatte er nicht einfach auf Margret hören können? Beim fünfzigsten hatte er es noch anders gemacht, da war er fein und gediegen in ein Hotel ausgewichen, hatte einen großen Nebenraum für sich und seine Gäste gemietet, was freilich auch eine hohe Rechnung ergeben hatte. Aber solche Rechnungen konnte man eben bezahlen, schließlich wurde man nur einmal fünfzig und sollte so jung nicht mehr zusammenkommen.

Die Getränkereste füllten den Eimer schneller als gedacht. Die Farben des einst goldblonden, nun aber abgestandenen Bieres vermischten sich mit den dunkleren Tönen von Cola oder Rotwein. Oben tanzte eine schmutzige Schaumkrone und vergrößerte sich stetig. Nach einer Weile fiel Herrn Ohlmann ein, dass er die nicht ausgetrunkenen Getränke hätte zählen sollen, des besseren Überblicks wegen, aber da war es schon zu spät, um noch zu einem plausiblen Ergebnis zu gelangen. Die ausgeleerten Flaschen stellte Herr Ohlmann zurück in die entsprechenden Getränkekisten, Sektgläser sammelte er auf einem speziellen Tisch und die großen Tassen auf einem anderen. Die Idee mit den großen Tassen und dem Glühwein, für den sie vorgesehen waren, stammte natürlich von Margret. Herr Ohlmann hatte sie zunächst verwerfen wollen, schließlich war es erst Oktober und Glühwein eine Sache für Weihnachtsmärkte, aber als Margrets

Freundinnen sich auf ihre Seite schlugen, hatte er nachgegeben und bei sich gedacht, dass man hinterher ja sehen werde. Den im Behälter zurückgelassenen Resten nach zu urteilen, hatte der Glühwein größeren Anklang gefunden als gedacht. Die Frauen, dachte Herr Ohlmann, die Frauen frieren leicht und suchen instinktiv nach Wärmequellen. Margret und ihre Freundinnen hatten quasi immer eine Glühweintasse in der Hand gehabt, und ein paar der Kolleginnen und Nachbarinnen auch. Herr Ohlmann überlegte, die Glühweinreste nicht in den Eimer, sondern zurück in den Glühweinbehälter zu kippen, aber es fand sich in keiner Tasse auch nur der kleinste Rest des Getränks.

Nun war er also sechzig, dachte Herr Ohlmann, während er nach einem geeigneten Busch suchte, unter dem er die gesammelte Flüssigkeit entleeren könnte, entschied sich dann aber, seriös, wie er zu sein hatte, für den Gulli vor der Haustür. Er war also sechzig und schleppte gerade einen Eimer mit Getränkeresten zur Straße, um ihn dort, an einem nebligen und kühlen Oktobermorgen, in den Gulli zu entleeren. Kaum war man geboren, schon war man sechzig. Das Einzige, was einem das Gefühl vermittelte, dass etwas wie Zeit zwischen den beiden Ereignissen gelegen hatte, war die traurige Tatsache, dass Erinnerungen an die Jahre der Kindheit mehr und mehr verblassten. Dabei war die Kindheit an sich schon eine Periode der Unendlichkeit gewesen. Auch wenn die Details nun verschwammen, erinnerte sich Herr Ohlmann noch genau an das wohlige Gefühl, das ihn als sechs- oder siebenjährigen Dorfjungen bei dem Gedanken überkommen hatte, ganz am Anfang eines wahrscheinlich langen Lebens zu stehen. Er erinnerte sich an das synchrone Kratzen der Füllfederhalter und die surrenden Filmprojektoren aus seinen ersten Grundschuljahren, an die brummenden Rasenmäher und den Duft an sonnigem Junitag gemähten Grases. Er erinnerte sich an den gravierenden Unterschied, den es damals zwischen Winter und Sommer gegeben hatte, und an das jubelnde Singen, das aus ihm herausgebrochen war, als er an mildem

Frühjahrsmorgen hoch und höher in den Himmel schaukelte und dem Herrgott so nahe war wie später nie in seinem Leben. Das war die Zeit, als er noch Mutter und Vater hatte. Nicht in der Weise, in der er sie später als Erwachsener haben sollte, sondern in der Weise eines Kindes, das die Eltern braucht, um seinen eigenen Platz im Leben zu finden.

Nun hatte er seinen Platz gefunden, dachte Herr Ohlmann. Nun stand er, der sechzigjährige Mann, mit schmerzendem Kopf und Morgenmantel in seinem Garten und machte sich daran, den soeben geleerten Eimer ein zweites Mal mit abgestandenen Getränken zu füllen. Durch das gekippte Küchenfenster hörte er klar und deutlich das Klappern. Früher oder später würde er sich Margret stellen müssen. Früher oder später würde er ihr einen Guten Morgen wünschen und sich ihre Beurteilung des zurückliegenden Abends anhören. Natürlich würde sie Kritik üben. Aber woran? Wahrscheinlich an ihm, dachte Herr Ohlmann, denn die Rolle eines Gastgebers lag ihm wahrlich nicht besonders gut. Ohnehin wurde er von Margret häufig kritisiert. Meistens seiner Manieren wegen. Margret warf ihm zum Beispiel vor, wie ein Hund zu essen. Damit hatte sie zweifellos Recht, denn man konnte ihm vor die Nase halten, was man wollte – er aß es auf. Selbst bei bestem Willen konnte er dabei ein gewisses Schmatzen nicht vermeiden, zumindest dann nicht, wenn er sich noch einen letzten Rest Essensfreude bewahren wollte. Das sagte ihm Margret dann. Sie sagte zum Beispiel: „Schmatz nicht", oder: „Hör auf zu Schmatzen", manchmal auch: „Dein Geschmatze nervt." Herr Ohlmann verstand daran vieles, nur eine Sache nicht: Margret liebte Hunde über alles, allen voran ihr Cockerspaniel-Weibchen Molly. Und Molly aß an den meisten Tagen auch nicht mit Messer und Gabel.

Es würde besser sein, dachte Herr Ohlmann, wenn er das unvermeidbare Gespräch mit Margret so offensiv wie möglich begänne. Zumindest würde er dann seine Grundaussage verkaufen können, und das musste er nicht nur Margret gegenüber, sondern gegenüber allen, die in den nächsten Tagen mit ihm reden würden. Sie alle würden von ihm dieses eine wesentliche Statement hören wollen. Würden wissen wollen, wie es mit sechzig war und hören, wie er damit zurechtkam. Ja – wie kam er damit zurecht?

Herr Ohlmann ließ den Eimer sinken und setzte sich erneut an einen Bierzelttisch – dieses Mal an den Platz, an dem die Frau des Kommissars am Vorabend gesessen hatte. Wollten die Menschen die Wahrheit von ihm hören? Wollten sie tatsächlich wissen, was es ihm bedeutete, sechzig Jahre alt geworden zu sein? Herr Ohlmann zog eine weitere Zigarette aus der Tasche seines Morgenmantels und blickte in den Nebel. Der Tod war es, den die anderen einem unter die Nase rieben. Verpackt in heuchlerische Glückwunschworte, hinter denen sich ein hämisches Grinsen darüber verbarg, wieder ein Stück Leben durch die Sanduhr herabrieseln zu sehen. Warum waren die Menschen so? Warum hatten sie kein Mitleid? War ihnen nicht klar, dass auch auf sie nichts anderes als der Tod wartete? Auf den einen etwas länger, auf den anderen eben kürzer, und wer sechzig war, der musste nicht lange rechnen, um zu wissen, zu welcher Gruppe er gehörte.

Egal, was sie ihn fragen würden, er würde auf die positiven Aspekte verweisen. Altersweisheit zum Beispiel, oder auch auf die innere Ruhe, die sich mit den Jahren in einem breitmachte. Und er würde sagen, dass es ein großes Glück gewesen sei, bei allem Bösen, was der Mensch sich immer noch antun könne und auch nachweislich antue, eine so lange Friedensepoche in der geliebten Heimat erleben zu dürfen. Dankbarkeit und Demut, dagegen würde keiner etwas sagen können, nicht einmal Margret, die den Finger gern in die Wunde legte, vielleicht, weil sie einmal Krankenschwester gewesen war, aber in den großen

Dingen doch bewundernswert instinktsicher wusste, was sich gehörte.

Das Klappern hatte aufgehört. Herr Ohlmann glaubte zu bemerken, wie Margret am Fenster stand und ihn beobachtete. Er ärgerte sich ein wenig, denn es wäre ihm lieber gewesen, Margret hätte ihn beim Entsorgen der Altgetränke gesehen und nicht beim nutzlosen und rauchenden Herumsitzen. Wahrscheinlich hatte Margret seinen Gedanken durchschaut, denn sie verließ das Fenster sofort wieder und verursachte im Hintergrund ein paar andere laute Geräusche.

Als er Margret kennengelernt hatte, steckte er selbst noch in seiner Ausbildung an der Verwaltungsschule. Lange hatte er vorher überlegt, ob er Bibliothekar oder Verwaltungsangestellter werden sollte, und sich schließlich für beide Ausbildungsgänge beworben. Die Entscheidung hatte der Zufall getroffen und ihm damit auch Margret gebracht, denn die Ausbildungsstätte für Bibliothekswesen wäre in einer ganz anderen Ecke des Landes gewesen. Wichtig war Herrn Ohlmann, dass er Margret nicht, wie es durchaus hätte passieren können, als Patient des Krankenhauses, in dem sie seinerzeit schon arbeitete, sondern als abendlicher Kneipenbesucher kennengelernt hatte. Margret wies damals für eine Frau beachtliche Fähigkeiten im Poolbillard auf, und er, Herr Ohlmann, hatte sie mehrfach in den unterschiedlichsten Teams zur Gegnerin gehabt. Eines Abends waren sie die letzten verbliebenen Gäste im Billardraum gewesen, etwas Alkohol war auch im Spiel, und so war eins zum anderen gekommen. Man heiratete nicht direkt, sondern erst nach ein paar Jahren des Prüfens und Abwägens, aber dann wurde recht schnell das Haus in der ruhigen Wohnsiedlung am Stadtrand gebaut. Margret gab ihren Job auf, um sich Haus und Kindern zu widmen, wobei die Kinder nach einigen Versuchen letztlich doch nicht auf die Welt kamen. An wem das genau lag, wurde zumindest von Herrn Ohlmann nie überprüft, was ja auch keinen

Sinn ergeben hätte, denn das Ergebnis wäre dasselbe geblieben. Margret jedenfalls fühlte sich wohl in der Hausfrauenrolle. Sie erwies sich als außerordentlich reinlich und erweckte nicht den Eindruck, dass irgendetwas an ihrem Leben sie langweilen könnte. Einen letzten Rest der alten Kneipen-Margret bewahrte sie sich dadurch, dass sie ein solides Tagesquantum an Zigaretten verbrauchte, wobei sie aber nie in Wohnzimmer oder Küche rauchte, denn ein gutes Wohnklima war ihr wichtig, sondern stets nur im Badezimmer in der Nähe des gekippten Fensters.

Herr Ohlmann selbst rauchte grundsätzlich nicht im Haus, nicht einmal im Badezimmer, wo es eigentlich niemanden gestört hätte. Er rauchte sowieso ziemlich selten, so gut wie nie, wenn man es genau nahm, und nur dann, wenn sich die Gelegenheit dazu ergab. Die Zigaretten in seinem Morgenmantel mussten schon ziemlich lange in der Tasche gesteckt haben. Sie schmeckten alt, älter als er sich fühlte, oder zumindest ebenso alt. Nun sah er Margret ganz deutlich am Fenster stehen. Sie winkte ihm zu und gab ihm ein Zeichen, hineinzukommen. Wahrscheinlich sorgte sie sich um seine Gesundheit, denn es war wirklich frisch und der Morgenmantel nicht gerade wärmend. Er würde Margret nun den Gefallen tun und hineingehen, dachte Herr Ohlmann, denn es war gewiss nicht angebracht, sich um seine Gesundheit zu sorgen. Langsam stand er auf, drückte die nach der zweiten nahtlos angezündete dritte Zigarette dieses Morgens aus und ging müden Schrittes zur Terrassentür. Nein, Sorgen waren unbegründet, denn der Tod war bei ihm und würde schon auf ihn aufpassen.

Kapitel 2

„Wir sollten den Hund abgeben."

„Was?"

„Ich finde, wir sollten den Hund abgeben."

„Du meinst, wir sollten Molly weggeben?"

„Ja."

Herr Ohlmann hätte so ziemlich alles erwartet, aber nicht das. Ihm gegenüber stand Margret, wie er mit einem Morgenmantel bekleidet, aber mit einem rosafarbenen, und steckte ein gerade abgeschrecktes Ei in einen passenden Becher. Margret hatten die Strapazen der zurückliegenden Nacht offenbar weniger ausgemacht als ihm, denn sie blickte erstaunlich frisch zu ihm herüber. Herr Ohlmann hätte eigentlich ein paar wohlwollende Sätze zum gestrigen Abend verlieren wollen, vielleicht sein in den nächsten Tagen noch häufiger anzuwendendes Statement zum sechzigsten Lebensjahr ausprobieren, aber Margrets Aussage forderte ein Überdenken des Gesprächskonzepts. Typisch für Margret wäre gewesen, ihm erst einmal aufzuzählen, was sie an diesem Morgen bereits alles geleistet hatte. Sie hätte zum Beispiel das gespülte und weggeräumte Geschirr erwähnen können oder das gelüftete Schlafzimmer mit dem wahrscheinlich längst gemachten Bett. So oder ähnlich sah seit mehr als dreißig Jahren ihr liebgewonnenes Begrüßungsritual aus. Er, Herr Ohlmann, kam nach getaner Arbeit nach Hause und sie, Margret, erzählte ihm von ihrem bisherigen Tag. Das tat vor allem deswegen gut, weil man dabei weitgehend abschalten konnte und auf andere Gedanken kam. Auf der Arbeit war es ja doch so, dass immer wieder eine Art Konzentration auf eine Art Sachverhalt erforderlich war – zu Hause aber konnte Herr Ohlmann Margrets ersten

Redeschwall genießen wie die sich ewig ähnelnde Brandung eines sanften Meeres.

Den Hund abzugeben, sah Margret alles andere als ähnlich. Sie hatte ihn vor ungefähr zwölf Jahren angeschafft, ohne vorher großartig darüber geredet zu haben. Wahrscheinlich war es eine Sektlaune gewesen, die sich auf einem Ausflug mit den Freundinnen ergeben hatte. Herr Ohlmann war damals jedenfalls unglaublich wütend geworden und hatte getobt wie nie, vor allem, als Margret den Satz gesagt hatte: „Wenn wir schon keine Kinder kriegen können, können wir wenigstens einen Hund kriegen." Herr Ohlmann hatte das als unmissverständlichen Angriff auf seine eigene Person gewertet, und erst in langen und mühsamen Gesprächen war es Margret gelungen, ihn von seiner Fehlinterpretation abzubringen. Schließlich hatte sie den Satz in der Wir-Form gesprochen und war damals selbst schon fast Ende vierzig, sodass von Kindern ohnehin keine Rede mehr sein konnte. Herr Ohlmann aber mochte Molly nie wirklich leiden, obwohl sie dank Margrets häuslicher Bemühungen ein erträglich erzogener und gutmütiger Hund geworden war. Sein Aufgabenbereich hingegen lag in den Spaziergängen mit Molly – morgens vor der Arbeit und am Abend noch einmal eine Runde um die Wohnsiedlung. Das waren dann die Minuten, die Margret für sich hatte und zu Hause mit einer Tasse Kaffee oder einer Zigarette genoss.

„Du willst nicht ernsthaft Molly abgeben. Sie ist seit zwölf Jahren hier!" Herr Ohlmann merkte selbst, dass seine Argumentation halbherzig und unausgereift wirkte, denn allein die Tatsache, dass sich etwas seit zwölf Jahren irgendwie verhielt, rechtfertigte längst nicht, dass es sich auch weiter so verhalten musste. Wäre er ehrlich gewesen, hätte er zugegeben, dass Molly ihm seit zwölf Jahren auf die Nerven ging. Allein schon durch die Tatsache, dass sie sich ihr Futter nicht selbst kaufen und in den Napf kippen konnte. Auch dass ein Hund nicht wie andere Leute aufs Klo ging, sondern einfach irgendwo draußen hin kackte. Am Anfang mit Vorliebe an die Straßenecke Finkenweg/Meisenweg – bis der dort lebende Anwohner ein Schild mit dem freundlichen Hinweis „Hier ist kein Hundeklo" dergestalt platzierte, dass man es nicht mehr ignorieren konnte. Allesamt lästige Dinge, die Margrets überraschenden Vorschlag als unerwartete Erlösung hätten erscheinen lassen müssen. Aber Herr Ohlmann wollte Molly nicht abgeben, jetzt nicht mehr, denn Molly hatte ein Recht darauf, hier zu sein.

„Sieh mal", sagte Margret, „wenn wir ehrlich sind, dann haben wir doch beide Molly nie sonderlich gemocht. Sie war da, wie man eben da ist, aber im Grunde hat sie uns doch bloß von den wirklich wichtigen Dingen im Leben abgehalten."

„Ach ja, und was sind die wirklich wichtigen Dinge im Leben?" Herr Ohlmann empfand die Aggressivität, die in seiner Gegenfrage mitschwang, selbst als unangenehm und hielt sich den Hinterkopf, um dem sich wieder verstärkenden Pochen etwas entgegenzusetzen.

„Heinz, es geht darum, dass wir zu uns selbst finden und keine Energie damit verschwenden, Dinge zu tun, die andere von uns erwarten könnten." Margret setzte sich an den Tisch und goss eine Flüssigkeit, die aussah wie grüner Tee, in die beiden vor ihr stehenden Tassen. Es gab also heute keinen Kaffee, schloss Herr Ohlmann und überlegte, was mit Margret in den letzten Stunden geschehen war. Gedankenverloren hockte er sich auf seinen Platz und machte sich mit dem Messer daran, sein Ei aufzuschlagen. Margret kochte die Eier immer hart, denn so mochte sie sie am liebsten, aber heute floss eine durchsichtig glibberige Masse aus dem gerade entstandenen Riss in der Schale. Schnell versuchte Herr Ohlmann, die am Eierbecher herablaufende Flüssigkeit mit der Spitze seines Messers aufzuhalten, aber er scheiterte und musste zur Serviette greifen, ehe die Tischdecke in Mitleidenschaft gezogen wurde.

Molly hatte es sich zwischen seinen Beinen bequem gemacht, und Herr Ohlmann beschloss, den heißen Tee rasch wieder von seinen Lippen zurückziehend, das Gesprächsthema zu wechseln. „Ich habe angefangen, die Getränkereste zu entsorgen", sagte er und kam sich erbärmlich dabei vor, „und außerdem ist es gar nicht so schlecht, sechzig zu sein." Einen größeren Unsinn hätte er kaum von sich geben können, und doch war es die knappe Zusammenfassung der intelligenten Überlegungen, die er in der letzten halben Stunde angestellt hatte. Bedeutete die Erbärmlichkeit, die er empfand, dass seine vorherigen Überlegungen gar nicht so gehaltvoll gewesen waren, oder fehlte ihm schlicht das Talent, sie besser zu verkaufen? Wahrscheinlich traf beides zu, mangelte es an Inhalt und Form in gleichem Maße. Allerdings geschah es gerade in Gesprächen mit Margret auffallend häufig, dass Herr Ohlmann stammelte und druckste und die Dinge, die er sich im Kopf zuvor so passend zurechtgelegt hatte, einfach nicht mehr auf den Punkt brachte. Es war als sähe er sich im Angesicht Margrets selbst aus deren Blickwinkel, der einem die Lächerlichkeit und Sinnlosigkeit des eigenen Agierens ungefiltert vor Augen hielt. Dabei war es Margret gewesen, die ihn in den ersten Jahren ihres Zusammenseins auf beinahe peinlich übersteigerte Weise bewundert hatte. Aber das war am Anfang gewesen, und die Zeit hatte es mit sich gebracht, dass Margrets Blick auf ihn kühler und wahrscheinlich auch klarer geworden war.

„Ja, es ist gar nicht so schlecht, sechzig zu sein", wiederholte Herr Ohlmann, als könnte der schwache Aussagegehalt dieses Satzes dadurch an Stärke gewinnen. „Weißt du, allein die Lebenserfahrung, die man gesammelt hat, will man doch ernsthaft nicht mehr missen. Der Körper mag abbauen, gut, doch stark und vital genug für die nötigen Dinge ist er allemal. Aber am wichtigsten ist doch, dass man im Einklang mit sich selbst und nicht mehr so empfänglich für die Irrwege der Jugend ist. Hast du mich eigentlich gesehen, wie ich eben draußen war?" Herr

Ohlmann hätte sich für diese beifallheischende Frage selbst ohrfeigen können. Aber bei Margret kam man nicht umhin, nach Beifall zu heischen, denn von allein spendete sie selten welchen. Er hätte der erste Mensch auf dem Mond sein oder das entscheidende Tor im Weltmeisterschaftsfinale schießen können, Margret hätte es bestenfalls wohlwollend zur Kenntnis genommen und die Erwartung damit verknüpft, dass er in anderen Lebensbereichen vergleichbare Taten vollbringen müsse. Doch Taten folgten nach Mondlandungen und finalen Toren selten welche, der übliche Weg führte von den Höhen der Welt doch eher hinunter auf den Boden, wo sich Herr Ohlmann von Hause aus am besten auskannte.

„Heinz, was du sagst, ist völlig richtig", entgegnete Margret, ohne auf die so unangemessene Frage ihres Gatten einzugehen, „es ist die Lebenserfahrung, die uns zu dem macht, was wir sind. Und deswegen geben wir den Hund auch ab."

Molly jaulte kurz auf und verließ den Platz unter dem Tisch in einer, wie Herr Ohlmann fand, mehr trotzig beleidigten als angsterfüllten Weise. Der Hund konnte definitiv nichts für Margrets warum auch immer gewandeltes Bewusstsein, und der Hund hatte auch keine Möglichkeit der eloquenten Verteidigungsrede. Also musste Herr Ohlmann – Morgenmantel hin, Morgenmantel her – in den Ring steigen und Molly zu ihrem Recht verhelfen.

„Das geht nicht!"

„Was geht nicht?"

„Wir können Molly nicht abgeben."

„Warum nicht?"

„Weil wir das nicht tun dürfen."

„Warum dürfen wir das nicht tun? Wir sind erwachsene Menschen und frei in unseren Entscheidungen."

„Es ist aber nicht meine Entscheidung."

„Aber meine."

„Entweder der Hund geht oder ich."

„Der Hund geht ja."

„Ich meine, entweder der Hund bleibt oder ich."

„Der Hund bleibt ja nicht."

„Du weißt genau, was ich meine."

„Und du weißt genau, dass du Molly nie gemocht hast."

„Jetzt mag ich sie aber. Und ich glaube fast, ich mag sie mehr als andere im Raum."

Herr Ohlmann stapfte aus dem Zimmer und bemühte sich, in das unvermeidliche Knallen der Tür nicht die volle Wucht seiner Wut hineinzulegen. Das Pochen im Hinterkopf hatte bisher unerreichte Dimensionen erreicht, und die Freude über das Erleben des heutigen Tages war auf einen neuen Tiefststand gesunken. Am meisten aber ärgerte er sich darüber, dass er einmal mehr im Streit über das Maß der sachlich geführten Diskussion hinausgeschossen war. Wie immer hatte er zunächst nicht das geringste Interesse an einer Auseinandersetzung mit Margret verspürt, und wie immer war es viel zu schnell dazu gekommen. Er sollte längst akzeptiert haben, dass Margret, hatte sie einmal einen Entschluss gefasst, bei diesem auch zu bleiben pflegte, und dass jegliches Lamentieren und Diskutieren ganz und gar am Ziel vorbeiführte. Wer mit Margret glücklich werden wollte, musste schlicht das gut und richtig finden, was sie selbst gut und richtig fand. Das und nur das war der Weg, und in guten Jahren war es ihm nahezu problemlos gelungen, auf diesem Pfad der dauerhaften Friedfertigkeit zu wandeln. Margret war kein schlechter

Mensch, beileibe nicht, und es wäre jammerschade, ihr den Tag nach dem sechzigsten Geburtstag ihres geliebten Mannes wegen Lappalien wie dieser zu vergällen. Sollte sie den Hund doch abgeben, er würde sowieso nicht mehr lange leben, und ob er es so viel toller finden würde, im Kreis der Familie dahinzuscheiden, stand für Herrn Ohlmann, der ein leidenschaftsloser Agnostiker war, zumindest in den Sternen.

Wo mochte er selbst am liebsten sterben? Herr Ohlmann hielt die kalte Wohnzimmertürklinke noch in der Hand und erschrak darüber, diesen Gedanken erst jetzt, in der Sekunde einer verbalen Entgleisung, als bedenkenswert zu empfinden. Er wollte gar nicht sterben. Nicht einmal der Glaube an ein Leben nach dem Tod hätte ihm diesen schmackhafter machen können. Tote Menschen lagen starr und reglos, blickten glasig ins Leere und begannen bald, mit schrecklichem Gestank zu verwesen. Er wollte nicht zu diesen toten und verwesenden Menschen gehören, und die Diskussionen der Kategorie „Ich will mich mal verbrennen lassen" oder „Ich will mal eine Seebestattung", die in seiner Altersgruppe immer öfter zu hören waren, widerten ihn an. Tod bedeutete das radikale Ende aller Dinge, den radikalen Verlust aller Wahrnehmung und allen Lebens. Herr Ohlmann konnte dem Tod beim besten Willen keinen Humor entgegensetzen. Wenn der Tod kam, war man tot, veränderte sich alles zum Stillen und Starren, was gab es daran noch Komisches oder Tröstliches? Veränderungen hatte Herr Ohlmann noch nie gemocht. Wenn es nach ihm gegangen wäre, hätte sich in den letzten Jahren nicht einmal die Wohnungseinrichtung verändert, aber Margret war immer wieder mal mit der Idee gekommen, ein Möbelstück von hier nach da zu verschieben, ein anderes wegzugeben und ein wieder anderes anzuschaffen. Vielleicht konnte Margret, überlegte Herr Ohlmann, den Tod eher akzeptieren als er, und im Stillen trauerte er bereits jetzt um die liebe Margret, die nach einem durchaus mittelmäßigen Leben – mittelmäßig aufgrund der Mittelmäßigkeit ihres Mannes – dereinst in die unvermeidliche Leichenstarre verfallen würde.

Herr Ohlmann verspürte auf einmal das Bedürfnis, Margret zu Lebzeiten noch etwas Gutes zu tun, kehrte auf dem Absatz um und betrat mit wiedergewonnener Freundlichkeit das vor Sekunden noch wütend verlassene Zimmer. Margret blickte weder wütend noch erstaunt, sondern rührte in ihrer Teetasse, als sei gar nichts geschehen.

„Margret", japste Herr Ohlmann, „wenn du möchtest, können wir Molly auch abgeben. Am besten, wir geben sie Elisabeth. Die hat sich schon immer einen Hund gewünscht."

Margret sah ihn zustimmend an. „Gut, wir geben sie Elisabeth."

Damit war das Thema Molly für den heutigen Morgen und für den Rest des gesamten Tages abgehakt.

Herr Ohlmann verdingte sich in den Folgestunden damit, Margret bei der Beseitigung der Geburtstagsspuren so gut es ging unter die Arme zu greifen. Geschirr wurde, sofern es nicht aus Pappe oder Plastik war, gespült, Partyzelte abgebaut und Bierzeltbänke wie -tische zusammengeklappt und auf einen entliehenen Anhänger verladen. Am Nachmittag trank man mit den Helferinnen und Helfern noch ein Schlückchen Sekt. Nach deren Verabschiedung hatten Margret und Herr Ohlmann ein wenig Geschlechtsverkehr. Herr Ohlmann wunderte sich immer wieder darüber, wie feucht Margret dabei noch wurde. An ihm konnte das nicht liegen, denn er war langweilig und auch nur mäßig attraktiv, zudem hatte er in den langen Jahren ihres Zusammenseins nicht die geringste Variation in ihre Bettspiele eingebracht. Es konnte, objektiv betrachtet, nichts Öderes geben, als mit ihm zusammen sexuelle Handlungen zu begehen, und doch vollbrachte Margret das Kunststück, regelmäßig zur Ekstase zu gelangen. Sie musste, dachte Herr Ohlmann, während er in ihre großzügig gepolsterte Hüften griff und beobachtete, wie sich ihre rosa lackierten Fingernägel Halt suchend um das Bettgestänge krallten, eine enorme Fantasie besitzen, um bei dem lächerlichen Gewackel Lust zu empfinden. Das Einzige, was Herr Ohlmann sich dabei als persönlich erbrachte Leistung zugutehalten konnte, waren die mit den Jahren einsetzenden Potenzstörungen, die dazu geführt hatten, dass sich sein Samenerguss immer später einstellte und Margret somit länger darauf warten durfte. Früher war das anders gewesen. Früher hatte sich Herr Ohlmann stets mit Kopfrechenaufgaben oder auch einmal politischen Fragestellungen ablenken müssen, um seinen zum vorzeitigen Samenerguss neigenden Penis der Ehefrau zuliebe ruhigzustellen. Aber dieses Problem hatte ein sechzigjähriger Mann zum Glück nicht mehr.

Den Rest des Tages verbrachte das Paar in erschöpfter Ruhe. Margret las und Herr Ohlmann saß noch einige Zeit am Computer, wo er auf den verschiedensten Internetseiten nach Neuigkeiten suchte. Außer ein paar Kriegen und anderweitigen Unglücken, die immer und überall in den Medien Erwähnung fanden, gab es jedoch nichts, was ihn sonderlich interessiert hätte, und so ging Herr Ohlmann früher ins Bett als seine Frau. Der Tag hatte es einfach nicht verdient, zu Ende gelebt zu werden.

Kapitel 3

Entgegen seiner Gewohnheit erwachte Herr Ohlmann am Montagmorgen lange bevor der Wecker piepste. In der Nacht hatte er von Molly geträumt, die tot in ihrem Hundekörbchen gelegen hatte. Es war nicht direkt ein Albtraum gewesen, das Gefühl beim Erwachen glich eher einem der Beruhigung, den Hund nicht bei Elisabeth, sondern in den vertrauten vier Wänden sterben gesehen zu haben. Dennoch hatte ihn der Traum hinterher nicht mehr einschlafen lassen, und so stand er auf, um seine Runde mit Molly etwas früher als sonst zu drehen. Draußen nieselte es. Die Luft war mild, und ein paar Blätter bedeckten den Boden des spärlich beleuchteten Fußwegs. Herr Ohlmann genoss es, sich von Molly auf der seit Jahren gewohnten Strecke durch den frühen Morgen ziehen zu lassen, und er fragte sich ernsthaft, ob er jemals etwas Großartigeres erlebt hatte. Natürlich hatte er die ewigen Spaziergänge auch schon verflucht, sehr oft sogar, aber mit Molly hatten sie doch eine andere Qualität, als wenn er allein gegangen wäre. An dem Schild „Hier ist kein Hundeklo" verlangsamte Herr Ohlmann seinen Schritt und animierte Molly, ihr Geschäft zu verrichten. Leider konnte die Hündin nicht über den Schatten ihrer guten Kinderstube springen, und so fiel Herrn Ohlmann die Aufgabe zu, den gepflegten Vorgarten von der Funktionalität eines sechzigjährigen Organismus zu überzeugen.

Ja, er lebte noch, und wem das nicht passte, der sollte es eben so gut es ging ignorieren.

Nach dem Spaziergang verzichtete Herr Ohlmann auf das Frühstück, verabschiedete sich von Margret und machte sich auf den Weg zur Arbeit. Es war eine reine Stadtstrecke von nicht einmal zwei Kilometern, die man gut und gern auch zu Fuß oder mit dem Fahrrad hätte bewältigen können. Herr Ohlmann aber hatte sich schon immer die Fahrt mit dem Wagen gegönnt und wollte von dieser liebgewordenen Gewohnheit bei aller Sympathie zum Umweltgedanken nicht mehr abrücken. Unterwegs hörte er Radio. Er bevorzugte seit mehr als zwanzig Jahren den Kulturkanal, da ihm die Berichterstattung der anderen Sender mit der Zeit zuwider geworden war. Im Kulturkanal klang alles entspannter und reflektierter, gab es keine Spur von Sensationsmache. Schreckliche Meldungen wurden in den großen Kontext des Weltgeschehens eingeordnet und nicht, wie es die meisten anderen Sender taten, bis zum Gehtnichtmehr aufgebauscht und hinterher tagelang ausgeschlachtet. Außerdem, und das war Herrn Ohlmann wichtig, brachten sie im Kulturkanal immer wieder interessante Interviews und Hintergrundberichte. Gerade um die Uhrzeit, da er zur Arbeit und am Abend wieder zurückzufahren pflegte, hatte man häufig das Glück, auf diese Weise mehr über ein wichtiges Thema zu erfahren, und Herr Ohlmann war an mancher roten Ampel sogar glücklich über das Anhalten gewesen, das ihm Zeit zum Hören und damit neue Erkenntnisse brachte.

Heute nervte ihn der Kulturkanal jedoch. Herr Ohlmann schaltete nervös zwischen den Sendern hin und her und konnte sich gar nicht auf irgendein Gerede oder Gesinge einlassen. Voll Ungeduld wartete er an den Stellen, an denen es sein musste, und an den anderen hatte er Mühe, sich dem trägen Verkehrsfluss anzupassen. Einmal fuhr er sechzig, ein andermal gar fünfundsechzig, obwohl nur fünfzig erlaubt und Geschwindigkeitsmessungen an der Tagesordnung waren. Geschwindigkeitsübertretungen waren seine Sache bislang nicht gewesen, eher schon die von Margret, der es immer mal wieder passierte, mit einhundertzehn durch eine Siebzigerzone zu rauschen. Über Margrets Eile hatte Herr Ohlmann sich immer schon wundern müssen, schließlich war sie nicht berufstätig und hatte auch keine Kinder, die sie von Termin zu Termin kutschieren musste.

Wahrscheinlich liebte sie es einfach voranzukommen, und diese Zielstrebigkeit fand ihren Ausdruck zuweilen eben in dem einen oder anderen Strafzettel, obwohl Margret den Wagen ja eigentlich seltener benutzte und in der Regel nur dann als Chauffeurin zum Einsatz kam, wenn es darum ging, nach einer Feier den etatmäßigen Fahrer nach Hause zu bringen.

Herr Ohlmann stellte seinen Wagen ab und ging in das Amtsgebäude hinein, in dem er seit einem halben Leben seinen Dienst verrichtete. In der Hand trug er eine große Tüte mit Backwaren, die er unterwegs gekauft hatte. Früher war es durchaus vorgekommen, dass Margret ihm nach Geburtstagen einen Kuchen für die Kollegen mitgegeben hatte, aber seit ein paar Jahren hatte sie davon abgelassen, vielleicht auch, weil ihr seine Arbeit angesichts ausbleibender Beförderungen unterschwellig auf die Nerven ging. Herrn Ohlmann war es letztlich auch lieber, eine Bäckertüte hinstellen zu können, denn da wusste jeder, woran er war. Früher, wenn er eine hübsche Sahnetorte aufgetischt hatte, waren ihm die kichernden Fragen der Kolleginnen, ob er sie denn selbst gebacken habe, immer ein wenig peinlich gewesen. Erst recht die Grüße und Komplimente an seine Frau, in der die berufstätigen Amtsfrauen doch bloß das altbackene Hausmütterchen sahen, das es im Leben weniger weit als sie selbst gebracht und es daher nötig habe, dem versorgenden Mann Brot und Kuchen auf den Weg zu geben. Ehrlicher gemeint waren da schon die Komplimente der männlichen Kollegen, die tüchtig zulangten und in ihren kindlichsten Gedanken daheim bei ihrer eigenen Mama weilten. Männer waren ohne Zweifel der verständlichere Teil der Menschheit.

Herr Ohlmann schloss sein Büro auf und stellte die Bäckertüte auf den Schreibtisch. Weil es noch dunkel war und er die Neonröhren nicht mochte, schaltete er das kleine Lämpchen ein, das ihm Margret vor ein paar Jahren geschenkt hatte. Er hängte seine Jacke an den Haken und öffnete den Schrank, um die vielen Akten, für die er zuständig war, stets im Blick zu behalten. Schließlich drückte er den Startknopf seines Computers, öffnete das Fenster und riss das Kalenderblatt ab, um die neue Wochenlosung lesen zu können. Sie lautete: „Dir fehlen Flügel und du möchtest fliegen? Krieche!" Herr Ohlmann fand, dass dieser Spruch, für den ein gewisser Voltaire verantwortlich zeichnete, recht gut zu seinem Arbeitsplatz im Öffentlichen Dienst passte. Flügel wuchsen ihm hier ganz bestimmt keine mehr. Dafür wehte immerhin ein kräftiger Windstoß vom offenen Fenster her allerlei auf dem Schreibtisch liegende Papiere durcheinander, und Herr Ohlmann beeilte sich, die Blätter einzufangen und das Fenster wieder zu schließen. Dann setzte er sich und änderte sein PC-Passwort, das in den nächsten Tagen ablaufen würde. Sein altes Passwort hieß „Bür0kratie", wobei er an Stelle des Buchstabens „o" die Ziffer Null eingesetzt hatte, um den Sicherheitsbestimmungen, die eine Buchstaben-Ziffern-Kombination verlangten, gerecht zu werden. Herr Ohlmann gab als neues Passwort „60Jahred00f" ein, öffnete alle notwendigen Programme und wartete.

Er wartete meistens, wenn er auf der Arbeit war. Früher, in seinen Anfangsjahren bei der Behörde, war er mit dem Warten noch nicht klargekommen und hatte sich stattdessen immer irgendeine Beschäftigung gesucht, wenn mal wieder nichts zu tun war. Beispielsweise hatte er dann Blätter abgeheftet, seinen Schreibtisch aufgeräumt oder seinen Schrankinhalt neu geordnet. Mit den Jahren aber war Herrn Ohlmann bewusst geworden, dass die meisten dieser Aktivitäten im Grunde völlig unnötig waren. Es machte im Öffentlichen Dienst schlichtweg keinen Unterschied, ob er nun aktiv war oder nicht. Keinen Menschen interessierte es, ob seine Blätter abgeheftet waren und sein Aktenschrank aufgeräumt. Das Einzige, worauf es wirklich ankam, war seine Anwesenheit. Und er musste für den unwahrscheinlichen Fall bereitstehen, dass man ihn einmal wirklich brauchen könnte. In darauf hindeutenden Momenten ging er ans Telefon, wenn es klingelte, oder rief „Herein", wenn es an der Tür klopfte. Damit war seine Arbeit größtenteils schon erledigt.

In den nicht immer vermeidbaren Kundengesprächen, ganz gleich ob telefonisch oder Auge in Auge, hatte Herr Ohlmann mit den Jahren beachtliches Geschick darin entwickelt, durch das Verwenden nichtssagender Floskeln die Stimmung seiner Gesprächspartner oberhalb des Nullpunkts zu halten: „Ich kann Ihr Anliegen gerne aufnehmen und werde es in den nächsten Tagen prüfen. Sie erhalten dann Bescheid." (Dieser Satz bedeutete zum Beispiel, dass der Kundenantrag vollkommen aussichtslos war und dass es eigentlich schon an Frechheit grenzte, ihm überhaupt damit die Zeit zu stehlen …). Herr Ohlmann sagte in diesem Zusammenhang auch gerne Dinge wie: „Wir müssen den Einzelfall prüfen", oder: „Es handelt sich hier um eine Ermessensentscheidung, die letztlich mein Vorgesetzter zu treffen hat." Der Verweis auf den Vorgesetzten und der damit verbundene Hinweis, eigentlich nicht zuständig zu sein, gehörte zu Herrn Ohlmanns Lieblingsphrasen. Im Leben hätte er kein Vorgesetzter sein wollen, dazu fand er das von ihm anzuwendende Gesetz viel zu uninteressant. Allerdings, und das war die Schattenseite der schönen Verantwortungslosigkeit, musste er sich damit zufriedengeben, es beruflich zu nichts Besonderem gebracht zu haben. Er war ein kleines Licht bei einer langweiligen Behörde, und das einzig Gute daran war die Tatsache, dauerhaft warm und trocken zu sitzen.

Herr Ohlmann wartete also. Heute wartete er aber weniger auf das Klingeln des Telefons und das Klopfen an der Tür als vielmehr auf das Erscheinen nachträglicher Gratulanten. Was die Angelegenheit etwas brenzliger machte, war die logische Folgerung, dass nachträgliche Gratulanten nur diejenigen Kolleginnen und Kollegen sein konnten, die er nicht zu seiner Feier eingeladen hatte.

Herr Ohlmann hoffte, dass es deswegen kein böses Blut geben würde, beruhigte sich aber damit, dass kein Mensch ernsthaft davon ausgehen könnte, einer wie Herr Ohlmann würde alle einhundertzweiunddreißig Mitarbeiterinnen und Mitarbeiter zu seinem Geburtstagsfest einladen. Das hatte nicht einmal der Behördenleiter geschafft, und wenn einer sich dazu hätte verpflichtet fühlen müssen, dann er. Sollten sie doch froh sein, nicht eingeladen worden zu sein. An Herrn Ohlmann lag es jedenfalls nicht, wenn sie kein ansprechendes Wochenende gehabt hatten – die Stadt bot schließlich allerlei an Gastronomie, Kino und Musikprogramm, und ein Wohnzimmer mit Couch und Fernsehapparat besaßen obendrein die meisten. Nein, Herr Ohlmann würde dem Ansturm schon trotzen und sich nicht in lächerliche Rechtfertigungsversuche flüchten.

Er wartete lange an diesem Morgen. Erst gegen neun Uhr dreißig betrat die stellvertretende Amtsleiterin Esther Lindenborn das Zimmer 17b, in dem Herr Ohlmann seit seinem letzten behördeninternen Umzug vor über zwölf Jahren residierte.

„Hans Heinrich", sagte sie mit außerordentlich freundlicher Stimme und breitete die Arme aus, „sechzig Jahre, ist nicht wahr, komm und lass dich drücken."

Herr Ohlmann hatte Esther Lindenborn noch nie in seinem Leben gedrückt und wusste erst nicht recht, wie er das anstellen sollte. Frau Lindenborn, die sich Linda nennen ließ, gehörte zu jenen widerwärtigen Personen, deren beruflicher Erfolg ausschließlich mit Speichelleckerei und dem richtigen Parteibuch zu erklären war. Dass sie heute ein paar nette Worte für ihn übrig hatte, ehrte sie schon fast, denn für ihre Karriere besaß das keinerlei Relevanz. Im Gefolge von Frau Lindenborn betraten drei jüngere Kolleginnen das Büro und küssten Herrn Ohlmann nacheinander links und rechts auf die Wange. Die vier Damen verschwanden ebenso schnell wieder, wie sie gekommen waren, und Herr Ohlmann versäumte es beinahe, den Inhalt der Bäckertüte an den Mann zu bringen. Die drei jungen Damen nahmen sich gerne etwas, eine als etwas fülliger, aber durchaus erotisch zu bezeichnende Kollegin griff mit ihrer großzügig beringten Hand sogar zweimal tief in die geöffnete Tüte. Esther Lindenborn nahm sich nichts, was sie mit ihrem noch nicht verdauten Frühstück und der schlanken Linie, auf die sie achten müsse, begründete.

Um zwölf Uhr schaute der Amtsleiter vorbei. Der Amtsleiter war ein makellos durchtrainierter Kerl Ende vierzig, der seinen Bart so ordentlich stutzte, dass es beinahe schon egal war, welche Kleidung er dazu trug. Bernd Kleber hieß er, aber offizielle Schreiben waren, vermutlich um noch eindrucksvoller zu wirken, stets mit seinem vollen Namen Bernd Rüdiger Kleber unterzeichnet. Bernd Kleber war von Hause aus Jurist, kannte sich aber auch mit den wirklich wichtigen Dingen des Lebens aus – so zum Beispiel mit gutem Essen. Er spielte gerne Golf und Tennis, warum auch nicht, und seine immer mal wieder wechselnden Lebenspartnerinnen waren ausnahmslos als schöne Frauen zu bezeichnen. Bernd Kleber lebte definitiv auf der Sonnenseite des Lebens und war, wahrscheinlich deswegen, geradezu ein Meister in der professionellen Verbreitung guter Laune. „Hans Heinrich, alte Socke", rief er beim Betreten des Raumes, „was macht dein Hund?" Dabei schüttelte er ihm Schulter klopfend die Hand, griff im Anschluss tief in die Bäckertüte und hatte so, ohne ein Wort darüber zu verlieren, das leidige Geburtstagsthema schon abgehakt. Den Hund erwähnte Bernd Kleber immer, wenn er hereinschaute, denn er hatte selbst einen, und so ging er auch diesmal, ohne Herrn Ohlmanns Antwort wirklich abzuwarten, dazu über, von seinem eigenen zu berichten. Der hatte am Wochenende irgendeinen Preis auf irgendeinem Hundeplatz gewonnen. Wahrscheinlich hatte er dazu irgendeinen Gegenstand erschnüffeln oder einen Verbrecherdarsteller kaltstellen müssen – Hundepreise wurden ja meistens für derartige Leistungen verliehen. Gewiss hätte Herr Ohlmann die genauen Hintergründe auch den Erläuterungen seines Amtsleiters entnehmen können, wenn er ihm denn zugehört hätte. Aber Herr Ohlmann hatte seinem Amtsleiter noch nie im Leben zugehört. Gerne hätte er es einmal getan, aber er konnte nicht. Zu fasziniert war er immer wieder von Bernd Klebers gestutztem Bart und seinem Mienenspiel, wenn dieser sich für die unterschiedlichsten Heldentaten selbst feierte. Allein schon die Art und Weise, mit der Bernd Kleber das Wort „und" sagte, wenn er seinen Erlebnisberichten mehr Bedeutung verleihen wollte, trieb Herrn Ohlmann schier in den Wahnsinn. Dieses nahe am „o" gesprochene, etwas lang gezogene „uuund" mit der selbstverliebt zur Seite verschobenen Mundrundung kannte Herr Ohlmann sonst nur von Frauen, die von teuren Urlauben oder ihren hochbegabten Kindern erzählten.

So zum Beispiel seine Kollegin Anna-Maria Schober, die später sicher auch noch gratulieren würde. Seit Anna-Maria Mutter war, und das war sie ungefähr, seit Herr Ohlmann Molly hatte, kam sie in regelmäßigen Abständen bei ihm im Büro vorbei und verkürzte ihm durch Erzählungen von ihrem Wunderkind die Wartezeit auf den Feierabend. Dabei ging sie durchaus geschickt vor und überließ die Schlussfolgerung, dass es sich bei ihrer Tochter um eine ganz besondere Person handeln müsse, stets ihrem Zuhörer. Üblicherweise tat die Schober – das war der Name, den Herr Ohlmann ihr gab, wenn er sie Margret gegenüber erwähnte – zur Gesprächseröffnung so, als mache sie sich furchtbare Sorgen wegen irgendetwas, das ihre Tochter Anastasia wieder einmal angestellt habe. Das konnten halbe Fehler in Diktaten oder ein nur auf dem zweiten Platz abgeschlossener Turnwettbewerb sein. Meistens jedoch ging Anna-Maria dergestalt in die Offensive, dass sie direkt Anastasias Vorzüge, nämlich dass sie überhaupt nichts für die Schule machen müsse, um hervorragende Leistungen zu erbringen, als Anlass zu schwerer Sorge um ihre Zukunftsfähigkeit problematisierte. „Wie", fragte die seufzende Anna-Maria immer wieder, „soll Anastasia nur mal eine Arbeitshaltung erlernen, wenn ihr alles zufliegt?" Herr Ohlmann kam nicht umhin, die Schober dann in ruhigen Worten zu trösten, während er sich selbst stets die Frage stellte, warum die weitaus jüngere Kollegin ausgerechnet ihn, den kinderlosen Eigenbrötler, mit derlei Themen belastete. Vielleicht, weil er einfach ein guter Zuhörer war, dachte Herr Ohlmann sich dann, und schweifte mit den Gedanken sonstwohin.

Bernd Kleber jedenfalls hatte heute eine solche Freude an der mitgebrachten Bäckertüte, dass es ihm mit permanent gefülltem Mund schwerfiel, seinen gewohnten Erzählfluss aufrechtzuerhalten. Wahrscheinlich lag es nur an seinem Wunsch, ungestört weiter zu essen, dass er Herrn Ohlmann irgendwann den Satz „Schon mal über Altersteilzeit nachgedacht?" entgegengrunzte. Herrn Ohlmann aber überrumpelte die abrupte Frage mehr, als er sich eingestehen mochte, denn Altersteilzeit war das Letzte, über das er jemals nachgedacht hatte. Wohin sollte er denn gehen, wenn nicht mal mehr zu seiner Arbeit? Für den Ruhestand hatte er keinerlei Pläne, und am Ende würde die unvermeidliche Verwesung warten.

Als der Amtsleiter Bernd Rüdiger Kleber endlich in die Mittagspause gegangen war, schloss sich Herr Ohlmann in seinem Zimmer ein und griff zum Telefon. Er wollte sich bei Margret erkundigen, wie es Molly ging. Seit seinem Traum hatte ihn die – gewiss unbegründete – Sorge, es könne ihr etwas zugestoßen sein, nicht mehr losgelassen. Er wählte also zum ersten Mal seit Jahren wieder von der Arbeit aus seine eigene Festnetznummer und stellte fest, dass sich niemand meldete. Wahrscheinlich war Margret ums Haus herum beschäftigt oder einkaufen gegangen. Oder sie hatte Molly bereits zu Elisabeth gebracht. Herr Ohlmann starrte mit leerem Blick an die Wand. Es war eine beigefarbene Raufaserwand, die Herr Ohlmann in all den Jahren, die

ihn dieses Büro schon beherbergte, mit genau drei Bildern dekoriert hatte. Eines war ein großes Portrait von Margret. Sie war
auf dem Foto etwa fünfunddreißig Jahre alt, trug noch Brille
statt Kontaktlinsen und hatte eine lange Dauerwellenmähne. Das
zweite Bild hatte Margrets Patenkind, das mittlerweile längst
erwachsen war, Herrn Ohlmann zum vierzigsten Geburtstag
gemalt - eine krakelige Kinderzeichnung, welche zwei Menschen
zeigte, die auf einem braunen Pferd über eine dunkelgrüne Wiese ritten. Die Menschen sollten wahrscheinlich Margret und ihn
darstellen, Herr Ohlmann wusste es nicht mehr so genau, und
auf der Wiese wuchs eine Sonnenblume. Besonders schön an
dem Bild war wohl, dass nicht nur Margret und er, sondern auch
das Pferd breit grinsten und offensichtlich großen Spaß hatten.
Herr Ohlmann überlegte, warum er sich diese Zeichnung damals an die Wand gehängt hatte, aber es fiel ihm nicht mehr ein.
In seinem ganzen Leben hatte er noch nicht auf einem Pferd gesessen und die Wahrscheinlichkeit, dass er es noch tun würde,
nahm täglich ab. Das dritte und mit Abstand kleinste Bild war
eine Fotografie des Schauspielers Gert Fröbe, den er und Margret auf einer Urlaubsreise nach Spanien kennengelernt hatten.
Fröbe hatte sich auf Wunsch Margrets am Strand von ihnen ab-
lichten lassen und dabei freundlich in die Kamera gewinkt. Hinterher hatte er auf das Foto die Worte geschrieben: „Für meinen
Freund Heinz und seine bezaubernde Gattin. Herzlichst, Gert."
Besonders das Wort „Freund" hatte Herrn Ohlmann an der
Widmung gut gefallen, weswegen er sie immer wieder gern betrachtete.

Herr Ohlmann probierte es noch einmal zu Hause, aber wieder meldete sich niemand. Der Gedanke daran, dass Molly just
in diesem Moment zu Elisabeth gebracht werden könnte, behag-
te ihm nicht, und er griff, vielleicht um sich abzulenken, nun
selbst in die Bäckertüte und nahm sich ein Kaffeestückchen heraus, das er schneller, als er eigentlich wollte, verschlang. Er hatte
drei Sorten gekauft, allesamt ohne Obst und Rosinen, denn Herr

Ohlmann mochte kein Obst und verabscheute Rosinen. Natürlich hatte er beim Einkaufen einkalkuliert, dass es seinen Kollegen eventuell genau andersherum gehen könnte, aber zuletzt war er doch nach seinen eigenen Geschmacksempfindungen gegangen, schließlich wusste man nie, was übrig blieb. Er nahm sich ein zweites Teilchen, biss hinein, wählte erneut die Nummer von Margret und legte rasch wieder auf, als ihm einfiel, dass es ungünstig wäre, mit vollem Mund zu telefonieren. Margret hatte ihn in früheren Jahren oft dafür gerügt, dass er um den Bauch herum nach und nach fülliger wurde, was ihr aber nach Phasen des Haderns und des Streitens irgendwann weniger auszumachen schien. Trotzdem mochte Herr Ohlmann es immer noch nicht, wenn er von Margret beim Essen außerhalb der regulären Mahlzeiten erwischt wurde. Er würde also später noch einmal probieren, sie zu erreichen, aber vorher würde er ein drittes Teilchen essen. Eines mit extra dicken Streuseln und viel Puderzucker obendrauf.

Als die Mittagspause um war, ließ Herr Ohlmann die Bürotür zunächst versperrt und aß nacheinander noch ein viertes, ein fünftes und ein sechstes Kaffeestückchen. Sie schmeckten immer noch frisch und zuckrig, aber es war, als füllten sie ihn mit Gleichgültigkeit. Zucker und Fett ließen ihn müde und bräsig werden, und nur diesem Umstand war es geschuldet, dass seine Hand auch nach dem sechsten Teilchen noch einmal in die immer noch ansehnlich gefüllte Bäckertüte glitt. Es war einfach alles egal, egal ob er doppelt oder zehnmal so viel in sich reinschaufelte, als gut für ihn war. Herr Ohlmann mampfte starr und stur vor sich hin. Seine Gedanken hatten sich in vagen Selbsthass aufgelöst, aber der blieb ganz am Rande seines Bewusstseins und verhinderte nicht mehr den Griff zum achten Kaffeestückchen. Er war irgendwie sechzig geworden und feierte gerade seinen Geburtstag nach. Dazu war man doch auf der Arbeit verpflichtet, also konnte es nicht verwerflich sein, ein neuntes Teilchen aus der Tüte zu holen. Das waren drei von jeder Sorte, also drei Nuss, drei Streusel und drei Schokocroissants. Drei mal drei machten neun, gerade auf dem Amt war man gehalten, korrekt zu rechnen, und Herr Ohlmann setzte sich wieder aufrechter an den Tisch, um für den Rest des Arbeitstages gewappnet zu sein. Zunächst rief er noch einmal bei Margret an.

„Ohlmann", meldete sie sich mit ihrer Verbindlichkeit suggerierenden Stimme, und Herr Ohlmann rülpste zur Antwort lange und laut in den Hörer. Er hätte nie gedacht, dass sie abnehmen würde, und genau das sagte Herr Ohlmann ihr auch.

„Alles in Ordnung mit dir, Heinz?"

„Alles gut, alles bestens. Ich dachte nur, jetzt, wo ich sechzig bin, melde ich mich mal und sage dir, dass alles gut ist."

„Das hat man gehört", sagte Margret und klang dabei unangemessen belustigt. Herr Ohlmann wechselte noch ein paar allgemeine Worte, beendete das Telefonat bald und schloss die Bürotür wieder auf. Nach Molly hatte er überhaupt nicht gefragt. Wahrscheinlich war seine Sorge unbegründet gewesen.

Am Nachmittag kamen keine Gratulanten mehr vorbei. Dafür klingelte zweimal das Telefon und ganz am Ende des Arbeitstages betrat noch ein Kunde mit einem recht schwierigen Anliegen Herrn Ohlmanns Büro. Der Kunde sprach nur mäßig deutsch, dafür aber ein wenig englisch. Sein freundlich vorgebrachtes Anliegen ließ sich aus menschlichem Blickwinkel verstehen, stand allerdings im krassen Widerspruch zur geltenden Gesetzeslage. Herr Ohlmann versuchte, diesen schwierigen Sachverhalt so einfach wie möglich in englische Worte zu fassen. Der Kunde, der vor Jahren durch die Sahara gewandert und auf einem überfüllten Flüchtlingsschiff nach Europa gekommen war, wollte Herrn Ohlmann offenbar nicht verstehen, denn er schilderte sein Anliegen ein zweites Mal. Herr Ohlmann lehnte nun etwas bestimmter ab, was aber nichts nutzte. Erst im dritten Versuch kam die Botschaft bei dem jungen Afrikaner an, dass sein Antrag wohl nicht auf Zustimmung stoßen würde, und der Mann wurde sehr wütend. Herr Ohlmann wollte ihn beruhigen und hielt ihm zum Trost seine Bäckertüte hin. Der Mann griff auch hinein, nahm sich ein Teilchen heraus und warf es mit wutverzerrtem Gesicht an das Fenster hinter Herrn Ohlmann, wo es zu Krümeln zerstäubte. Dann rannte der Mann aus dem Büro und vergaß dabei nicht, die Tür zuzuknallen.

„Ein guter Moment, um nach Hause zu gehen", sagte sich Herr Ohlmann und packte seine Sachen. Bevor er ging, aß er aber noch ein Kaffeestückchen – schließlich war man nicht zum Spaß da.

Kapitel 4

Auf der Rückfahrt ließ Herr Ohlmann das Radio ausgeschaltet und hielt sich weitgehend an die Geschwindigkeitsbegrenzungen. Daheim wurde er zu seiner grenzenlosen Erleichterung von einer schwanzwedelnden Molly begrüßt. Mit den Tränen kämpfend fiel er dem Hund um den Hals. „Molly", sagte er dabei, und noch einmal: „Molly!" Seiner Emotionen schämte er sich nicht, obwohl es lange her war, dass er zuletzt so aufgewühlt gewesen war. Das musste wohl beim Tod der Mutter gewesen sein, die, erst sechzigjährig, an den Folgen eines Sturzes gestorben war – ein Ereignis, das Herrn Ohlmann, der damals noch nicht verheiratet war und sich noch in enger Bindung zu seiner Mutter befunden hatte, nachhaltig traumatisierte. Ein läppischer Sturz hatte ihm seine gute Mutter genommen, ein Sturz, wie er alle Tage passierte. Nichts war sicher, soviel war sicher, und die ihm ohnehin recht nahe Vorsicht entwickelte Herr Ohlmann seither zu seinem hervorstechendsten Charakterzug. Er ging zu Vorsorgeuntersuchungen, putzte sich regelmäßig die Zähne, trieb bei Infekten nicht den geringsten Sport und hielt sich auch sonst am liebsten in den eigenen vier Wänden auf. Am allerliebsten natürlich mit Molly, die er erst aus der liebevollen Umklammerung entließ, nachdem es zum zweiten Mal an der Haustür geläutet hatte.

„Die Zählerableser" begrüßte ihn ein schmächtiger schnurrbärtiger Mann, der einen roten Arbeitsanzug und eine schwarze Hornbrille trug. „Heute Morgen war ja niemand da", fügte er ein wenig vorwurfsvoll hinzu und setzte den Fuß über die Schwelle, ohne dass er von Herrn Ohlmann dazu aufgefordert worden wäre. Herrn Ohlmann überkam stets ein Gefühl der Peinlichkeit, wenn Handwerker in seinem Haus zu tun hatten, denn erstens lebte er in einer Gegend, in der man eher selbst Hand anlegte, und zweitens gelang es den Handwerkern stets binnen weniger Sekunden herauszufinden, wie wenig Ahnung er von ihrer Materie hatte. Seine Ahnungslosigkeit stand ihm wohl auf der Stirn geschrieben, und die in der Regel nicht gerade einfühlsamen Männer schafften es immer wieder, ihn durch die beiläufige Verwendung vermutlich allgemein gebräuchlicher, aber ihm selbst völlig unbekannter Fachausdrücke in Verlegenheit zu bringen. „Nach unten?", fragte der Mann, anscheinend rhetorisch, und ging, Herrn Ohlmanns halbherzig ausgestreckte Hand ignorierend, zur Kellertreppe. Nein, das war kein Handwerker, nur ein Zählerableser, wahrscheinlich sogar nur eine Aushilfskraft, aber doch ein Mann, der in wenigen Momenten mit absoluter Berechtigung die Frage stellen würde, wo genau sich die Zähler befänden. Herr Ohlmann schlurfte ihm also nach, nicht ohne vorher die Haustür geschlossen zu haben, allein schon wegen Molly, und dachte angestrengt nach. Normalerweise führte Margret die Zählerableser in den Keller, denn normalerweise kamen sie morgens, wenn Herr Ohlmann auf der Arbeit war. Margret würde wissen, wo sich die Zähler befanden, aber Margret jetzt aus irgendeinem Winkel des nicht gerade kleinen Hauses hervorzurufen, ließe sich nicht einmal ansatzweise realisieren, ohne das Gesicht zu verlieren. Auch mit sechzig hatte man noch seinen Stolz, verdammt noch mal, also wo war der verflixte Zähler? Herr Ohlmann hatte nicht den blassesten Schimmer. Eine leise Hoffnung, der Ableser könnte im vergangenen Jahr bereits da gewesen sein und es noch wissen, verflüchtigte sich in dem Augenblick, da der schmächtige Brillenträger weitersprach: „Wo sind die Zähler?"

Ja, wo waren sie nur? Herr Ohlmann wusste noch aus der Zeit, in der man ihn erzogen hatte, dass es sich nicht gehörte, auf konkrete Fragen einfach keine Antwort zu geben. Andererseits, dies hatte ihn die Erfahrung gelehrt, kam es einer bestimmten Sorte von Menschen – meist in bodenständigen Berufen beschäftigten Männern – mehr noch als auf Worte auf diejenigen Dinge an, die einer tat. Tun musste Herr Ohlmann etwas, und zwar sofort, denn es waren bereits Sekunden vergangen, in denen er nichts getan hatte, was dem Zählerableser bei der Beantwortung seiner Frage hätte helfen können. Herr Ohlmann musste, während er schweigend eine zuvor verschlossene Tür im Kellergeschoss öffnete und dem Mann vage einen Weg in irgendeine Richtung wies, an vergleichbare Situationen in seiner Vergangenheit denken. Einmal, er arbeitete noch nicht lange beim Amt, hatte er während einer Fahrt mit dem Dienstwagen tanken müssen und, so kurios das auch klingen mochte, den Tankdeckel nicht zu öffnen verstanden. Eine geschlagene Viertelstunde hatte er damals vor der Zapfsäule gestanden, während die Schlange der tankwilligen Fahrzeuge lang und länger wurde, bis er schließlich alle Scham überwunden und einen stark tätowierten Herrn, der an der Säule gegenüber tankte, um Hilfe gebeten hatte. Binnen weniger Sekunden hatte der darauf einen Schalter im Wageninneren ausgemacht, diesen gedrückt, und der Tankdeckel war aufgesprungen. Alles easy, alles kein Problem. Aber heute?

Herr Ohlmann mochte sich das Gesicht des Zählerablesers nicht vorstellen, wenn er die bittere Wahrheit erfuhr. Wahrscheinlich würde er ein erst ungläubiges, dann immer breiter werdendes Grinsen aufsetzen, mit dem Finger auf ihn zeigen, dann mit dem eilig gezückten Handy ein Foto von ihm schießen und am Abend auf Facebook über den lächerlichen Wasseruhrversager ablästern und sich dafür von der versammelten Internetgemeinde auch noch feiern lassen. „Sind die Zähler da drin?", fragte der Mann und zeigte in den dunklen Raum, den Herr

Ohlmann eben aufgesperrt hatte. Es war das zweite Arbeitszimmer, das sie für Margret einmal einzurichten begonnen hatten, als diese kurz mit dem Gedanken spielte, in ihrer freien Zeit Unterhaltungsromane für Frauen in den Wechseljahren zu schreiben, was sie dann aber nie tat – definitiv jedenfalls war auch für Laien wie Herrn Ohlmann ersichtlich, dass das kein Raum war, in dem man Strom-, Gas- oder Wasserzähler vermuten könnte.

„Nein, ich wollte nur noch kurz etwas holen", sagte Herr Ohlmann und griff nach einer herumliegenden älteren Ausgabe der Apothekenumschau, bevor er schnell die Tür zum Heizungskeller öffnete. „Entschuldigen Sie mich einen Moment, ich bin sofort wieder da."

Herr Ohlmann rannte, das bemüht interessierte Gesicht tief in der Apothekenumschau vergraben, rasch die Treppe nach oben, um Margret zu suchen. Margret war die einzige Person, die ihm hier noch helfen konnte. Im Gegensatz zu ihm zeigte sie stets ein aufrichtiges Interesse an den praktischen Dingen des Lebens. Warum sollte man sie nicht, jetzt, da endlich einer danach fragte, mit ihren Fähigkeiten ins rechte Licht rücken? Als guter Ehemann stand Herr Ohlmann doch geradezu in der Pflicht, dem jungen, gewiss noch nach Orientierung bietenden Vorbildern suchenden Zählerableser vorzuführen, zu welchen Leistungen eine moderne arbeitsteilige Ehe in der Lage war. Er selbst würde sich mit seinen wichtigen Unterlagen in die Gemächer zurückziehen, Margret an seiner statt nach unten schicken und ihr aus vollem Herzen gönnen, das korrekte Ablesen der Zählerstände in seiner Endphase mit abgewickelt zu haben. Hilfreich wäre allerdings gewesen, Herr Ohlmann wäre nicht schon auf der siebten Treppenstufe gestürzt, denn so hehren Gesundheitszielen ihre Existenz auch dienen mochte, so wenig nutzte das Lesen der Apothekenumschau während des schnellen Besteigens einer scharfkantig gefliesten Treppe.

„Ich kann die Zähler nicht finden", ließ die Stimme des Zählerablesers verlauten, und Herr Ohlmann, höllische Schmerzen an Schienbein und Ellbogen erlebend, wurde wütend über so viel Unfähigkeit. War er hier etwa der Zählerableser, oder war es der junge Mann im roten Arbeitsanzug? Was musste ein Zählerableser schon können, außer Zähler zu finden und abzulesen? „Sind Sie sich sicher, dass die Zähler hier in diesem Raum sind?"

Herr Ohlmann rappelte sich mühsam auf und humpelte den Rest der Treppe nach oben. „Ja, da bin ich absolut sicher", rief er von dort und erschrak über sein unangemessenes Selbstbewusstsein. „Da waren sie nämlich noch im vergangenen Jahr und in den ganzen anderen Jahren auch, in denen ich schon hier lebe." Wie konnte er nur so unvernünftig aufs Ganze gehen? Anscheinend waren es die Schmerzen, die ihm die aggressiven Äußerungen entlockt hatten. Immerhin hatten sie im Heizungskeller für vorübergehende Ruhe gesorgt, unterbrochen lediglich vom Rücken diverser dort herumstehender Möbel und dem dazugehörenden angestrengten Schnaufen des Zählerablesers.

„Möchten Sie etwas trinken?", rief Herr Ohlmann schließlich in die Stille, vielleicht, weil er seine Grobheit bedauerte. Eine Antwort bekam er darauf nicht. Also schlurfte Herr Ohlmann in die Küche, um sich selbst etwas einzuschenken. Obwohl es bereits Ende Oktober war, bewahrten sie das Mineralwasser immer noch im Kühlschrank auf – eine Reminiszenz an den Sommer, der in diesem Jahr mal wieder kein besonderer gewesen war.

An der Kühlschranktür hing ein Zettel. Margret hatte ihn geschrieben: „Bin beim Yoga. Kann später werden." Zwei Dinge wunderten Herrn Ohlmann an der Nachricht. Erstens war es nicht Margrets Art, sich nach einem Termin noch irgendwo länger aufzuhalten. Wieso also hätte es später werden sollen? Zweitens, das war der erheblichere Anlass zum Wundern, machte Margret überhaupt kein Yoga. Zumindest hatte sie es bisher nicht getan und auch nie darüber gesprochen, dass sie es zu tun beabsichtigte. Gut, es wäre denkbar, dass Herr Ohlmann seiner Frau nicht zugehört hatte, als diese davon erzählte, so wie damals, als sie während einer interessanten Sportsendung vom Tod eines entfernten Verwandten berichtet und Herr Ohlmann nur das geistesabwesend gemurmelte Wort „gut" dazu beizusteuern hatte. Andererseits wären exotische Themen wie Yoga, insbesondere aus dem Munde Margrets, derart auffallend, dass sich Herr Ohlmann beim besten Willen nicht vorstellen konnte, wie er so etwas hätte überhören können. Margret machte also jetzt Yoga. Bestimmt hatte eine Freundin sie auf den Gedanken gebracht, vielleicht auch die Frau des Kommissaren von gegenüber. Warum war ihm der Mann noch einmal so unsympathisch vorgekommen? War es denkbar, dass dessen Frau Yoga machte? War es denkbar, dass Margret Yoga machte?

Verärgert darüber, dass Margret offenbar von keinem Ort im gesamten Haus so sicher geglaubt hatte, dass er ihn aufsuchen würde, wie vom Kühlschrank, griff sich Herr Ohlmann außer dem geplanten Mineralwasser noch einen leckeren Sahnejoghurt mit extra viel Zucker. Das war es schließlich, was Margret ihm unterstellen wollte, nicht das Mineralwasser, das im Kühlschrank sowieso nichts mehr zu suchen hatte. Einfach Irrsinn, Ende Oktober noch Getränke zu kühlen. Wieso eigentlich Yoga? Und wieso hatte sie das nicht vorhin am Telefon erwähnt? Oder hatte sie das? Herr Ohlmann kannte Margret als bodenständige deutsche Hausfrau, nicht als Yogajüngerin. Aber die Zeiten hatten sich geändert. Alles änderte sich immerzu, warum nicht auch Margret? Kein Problem, wenn sie sich änderte, Herrn Ohlmanns wegen auch mit Yoga, aber warum zum Teufel musste das ausgerechnet in dem Moment sein, da ein verzweifelter Zählerableser im Keller nach den Zählern suchte? Das war nicht fair von Margret.

Herr Ohlmann tappte unschlüssig in der Küche herum. Beine und Arme taten ihm furchtbar weh, und er hätte am liebsten laut seinen Frust herausgeschrien. „Scheiß Yoga!", hätte er gern gebrüllt und: „Scheiß Zählerableser!". Aber das tat er nicht. Herr Ohlmann brüllte nie. Stattdessen stellte er das ausgelöffelte Joghurtglas in die Spüle, wo Margret es später noch einmal gründlich ausschwenken würde. Man würde es mit dem Glasboden zuvorderst in den Pfandautomaten schieben müssen, dachte Herr Ohlmann, während er missmutig und zaghaft in Richtung Kellertreppe zurückstolperte. Er dachte auch an die Frau, die fünfzehn Jahre zuvor noch den Job des Pfandautomaten innehatte. Mit dieser Frau hatte Herr Ohlmann in der Tanzschule den Abschlussball getanzt, und diese Frau hatte er einmal geküsst, als er schon ein paar Monate mit Margret zusammen war. Es war gut, dass es mittlerweile Pfandautomaten gab, auch wenn sie manchmal die eingeschobene Ware nicht erkannten und diese humorlos wieder ausspuckten. Herr Ohlmann humpelte noch einmal zur Spüle zurück. Es war natürlich Unsinn, das Glas für Margret stehen zu lassen. Also ließ er es mit lauwarmem Wasser halbvoll laufen, verschloss den Deckel und schüttelte das Glas einige Zeit kräftig hin und her. Danach kippte er die schäumende Brühe in den Abfluss und stellte das abermals ausgeschwenkte Gefäß zum Altglas.

Es half alles nichts. Herr Ohlmann musste definitiv zurück in den Keller. Er musste dem Zählerableser über die Schulter blicken. Alle Hausherren blickten den Zählerablesern über die Schulter, denn die Welt war schlecht, und es sollte jeder wissen, dass man einen Grundbesitzer nicht verarschen konnte. Molly war aus irgendeinem Winkel des Hauses wieder zu ihm gestoßen, und er fühlte sich seltsam getröstet, als er vorsichtig, Fuß um Fuß, mit ihr zusammen die Treppenstufen ins Untergeschoss hinabschritt. Sehr langsam ging er, auf das Geländer und ein bisschen auch auf Molly gestützt, dabei stets darauf achtend, die geschundenen Glieder nicht zu sehr zu belasten. Herr Ohlmann ging sogar so langsam, dass er Zeit hatte, vom letzten Treppenabschnitt aus einen Blick nach rechts zu werfen, und dort sah er sie: Gas, Wasser- und Stromzähler, zum Greifen nah, direkt unter der Treppe, wo außerdem noch Schuhe, Jacken und allerlei Gerümpel lagerten. Eigentlich war es gar nicht einfach, sie zu übersehen, erst recht für einen professionellen Zählerableser, der anscheinend blind auf Herrn Ohlmanns Ortskenntnis gesetzt hatte. Ein schwerer Fehler, wie Herr Ohlmann konstatieren musste, und ein Beweis für die oft gehörte These, dass auch Fachleute vor Irrtum nicht gefeit waren. Doch letztlich war er selbst es wohl, dem man anlasten würde, wissentlich oder unwissentlich falsche Angaben gemacht zu haben, und beides war gleichermaßen schizophren. Einen unschuldigen Zählerableser wissentlich in den falschen Raum zu schicken, ergab für den vernünftigen Teil dieser Menschheit keinerlei Sinn, und seine eigenen Verbrauchszähler nicht verorten zu können, war eines sechzigjährigen Amtsmannes absolut unwürdig. So sehr er auch gewollt hätte – Herr Ohlmann konnte einfach nicht in den Heizungskeller hineingehen und dem armen Zählerableser verraten, wo sich die Zähler tatsächlich befanden.

Da trat der Zählerableser abrupt von der anderen Seite durch die offenstehende Tür. Unter dem Arm trug er seine Listen, in die er die Zählerstände einzutragen hatte. Listen, die der Kommissar von gegenüber gewiss genau durchforstet hätte, um die Verbrauchswerte der Nachbarschaft zu ermitteln. Und gewiss würde der Zählerableser gleich etwas sagen, das Herrn Ohlmann, während Margret andernorts fröhlich meditierte, im Boden versinken lassen würde. Aber der Zählerableser sagte bloß: „Alles klar, das wär's", und stieg in zackigem Schritt nach oben, wo er sich an der Haustür noch einmal kurz verabschiedete und im dämmrigen Spätnachmittagsnebel verschwand.

Was war das? Herr Ohlmann starrte Molly an, und Molly starrte Herrn Ohlmann an. Etwas konnte hier nicht mit rechten Dingen zugegangen sein. Der Heizungskeller, soviel stellte Herr Ohlmann bald fest, brummte gewohnt sanft und stetig vor sich hin und wies auch kaum mehr Spuren von größeren Rück- oder Räumaktionen auf. Nichts war anders als sonst, außer dass Margret wohl beim Yoga war, und so machte sich Herr Ohlmann daran, die Zählerstände der gut einsehbaren Uhren nun selbst abzulesen und in ordentlichen Ziffern auf einem karierten DIN A4 Zettel zu notieren. Danach schleppte er sich nach oben und setzte sich an seinen Schreibtisch. Er fuhr seinen Laptop hoch, seufzte ein wenig, als Molly sich schwer auf seine Füße legte, und begann zu schreiben. Eine halbe Stunde später hatte er folgenden Beschwerdebrief an den örtlichen Energieversorger verfasst:

Sehr geehrte Damen und Herren,

als langjähriger Steuerzahler und Hausbesitzer wende ich mich heute an Sie, um mich über einen ungeheuerlichen Vorgang zu beschweren. Dazu möchte ich anmerken, dass es gewöhnlich lange dauert, bis mir einmal der Kragen platzt, aber nun ist es doch dazu gekommen.

Es begann damit, dass ein Mitarbeiter Ihrer Firma unangekündigt vor meiner Haustür stand und mich äußerst unfreundlich darauf hinwies, dass er die Zählerstände ablesen müsse. Welche Meinung ich zu diesem Hausfriedensbruch hatte, interessierte ihn nicht. Stattdessen marschierte er ungefragt in einen Kellerraum, um vermeintlich seiner Arbeit nachzugehen. Dazu sollten Sie wissen, dass sich in diesem Kellerraum allerlei private Gegenstände von nicht nur ideellem Wert befanden, die Ihr Mitarbeiter frank und frei von A nach B schob, wie es ihm gerade passte.

Mindestens zehn Minuten hielt er sich in meinem Kellerraum auf, ohne Anstalten zu machen, diesen wieder zu verlassen. Als er ging, hatte er alles gemacht, nur nicht die Zähler abgelesen – diese befanden sich nämlich gut einsehbar im Treppenhaus. Sollte Ihr Mitarbeiter also Zählerstände vermelden, so sind diese mit an Sicherheit grenzender Wahrscheinlichkeit falsch, und ich werde Anzeige gegen ihn erheben.

Sollten Sie Interesse an den tatsächlichen Zählerständen vom 26. Oktober diesen Jahres haben, so schicken Sie nochmals einen – diesmal qualifizierten – Kollegen vorbei, dem ich die korrekten Werte gern übermitteln werde.

Maßlos enttäuscht verbleibe ich in Gedanken an Kündigung unseres langjährigen Vertrags.

Ihr immer noch treuer

Hans Heinrich Ohlmann
Verwaltungsfachangestellter

Als Herr Ohlmann seinen Brief beendet hatte, druckte er ihn aus, las ihn sorgfältig durch, zerknüllte ihn daraufhin und warf ihn in den Papierkorb. Es war sinnlos. Alles war sinnlos. Wer Sinn suchte, musste Yoga machen.

Kapitel 5

Das Haus war trotz Mollys unverhoffter Anwesenheit leerer als sonst. Margret hatte immer mal wieder, nach Absprache, einen kleinen Einkaufstrip unternommen, aber dass sie zum Yoga gegangen war, hatte eine unerwartete Lücke gerissen. Eine Lücke in der Luft, fand Herr Ohlmann und hatte keine große Lust, in diesem lückenhaften Haus zu bleiben. Also ging er hinaus in den Garten. Molly ließ er drinnen, was hätte er mit ihr schon im Garten gesollt? Sie hatte nichts daran, und sowieso war es ein trüber Nachmittag und kühler Niesel fiel vom Himmel herab – da jagte man keinen Hund vor die Tür.

Der Garten war von jeher Herrn Ohlmanns Reich gewesen. Von Beginn an ihrer Tage im Finkenweg hatte er gesät und gepflanzt, geschnitten und gejätet, gemäht und gegossen. Nicht, dass er Pflanzen besonders gemocht hätte, aber er mochte es, wenn die Außenanlage eines Hauses ordentlich aussah. Das beruhigte ihn irgendwie, auch wenn es sich nicht um seine eigene Außenanlage handelte. Gern inspizierte er die Grundstücke der benachbarten Anwohner, stets auf der Suche nach guten Ideen, und konnte sich beinahe mehr noch freuen, wenn sich an diesen properen Grundstücken rein gar nichts geändert hatte. „Die Hauptarbeit eines rechtschaffenen Menschen", pflegte er zu seiner Ehefrau zu sagen, „liegt in der Erhaltung des Status Quo." Wenn man so wollte, war das sein Wahlspruch, lag der Sinn des Lebens nirgendwo anders als in der Vermeidung des Todes. Der beste Lehrer dieser Lehre war ihm sein Garten – kein biologischer Garten mit sich selbst überlassenen Wiesen, sondern ein sauber bearbeitetes Stück Land mit klaren Formen und einer das Auge erfreuenden Struktur.

Trotz der Verschiedenartigkeit der beiden Wirkungsbereiche Behörde und Garten erkannte Herr Ohlmann erstaunliche Parallelen. In beiden ging es in erster Linie darum aufzuräumen. Waren es im Amt Blätter und Anträge, die gelesen, bearbeitet und abgeheftet werden mussten, so lagen diese Blätter im Garten eben nicht auf dem Schreibtisch herum, sondern unter den Bäumen und Büschen, und der Aktenschrank, in dem sie ihre letzte Ruhestätte fanden, nannte sich hier Komposthaufen. Die Liebe zur Ordnung allein genügte jedoch nicht, um zu erklären, warum sich Herr Ohlmann in all den Jahren in Amt und Garten so wohl gefühlt hatte. Ordnungsliebe hätte er schließlich auch in den eigenen vier Wänden ausleben können, aber dort störte ihn das, was nicht perfekt aussah, weniger, und wenn er dann doch einmal zur Tat schreiten wollte, war Margret ihm meist schon zuvorgekommen. Nein, es war die Anerkennung, hier wie da, die Herrn Ohlmann immer geschmeichelt hatte. Eine Amtsperson zu sein, ganz gleich in welch geringer Position, übte auf die Menschen immer noch eine besondere Wirkung aus. Natürlich mochte der eine oder andere in Vorurteilen denken und Behördenmitarbeiter für arbeitsscheu erachten, aber die meisten dachten eben nicht so und schenkten ihm anerkennende Blicke, wenn sie ihn in seiner Dienststelle grüßten oder sich dort von ihm verabschiedeten. Der berufstätige Mann, der sich am Wochenende um seinen Garten kümmerte, erzielte die gleichen wohlwollenden Reaktionen. Herrn Ohlmann amüsierte dies immer ein bisschen, war ihm doch das egoistische Motiv der Gartenarbeit, sich nur um seinen eigenen Garten und nicht um die Belange anderer Leute oder gar der Allgemeinheit zu kümmern, stets bewusst, aber er genoss die freundlichen und im Vorbeigehen unverbindlich zu ihm herübergerufenen Worte durchaus.

Heute rief niemand etwas über den Gartenzaun, denn niemand ging vorüber. Der Nieselregen hatte zwar nachgelassen, doch alles war öd und leer. Noch leerer als am Vortag, denn es standen weder Bierzeltgarnituren noch Partyzelte auf dem Rasen, den Herr Ohlmann zum Saisonabschluss noch ein letztes Mal würde mähen müssen. Das Gemüsebeet wartete darauf, umgegraben zu werden, und Laub war seit dem Wochenende wieder einiges hinzugekommen. Herr Ohlmann überlegte, den Laubkehrer zu holen und das Gröbste zu beseitigen, konnte sich aber nicht dazu durchringen. Es würde doch wieder neues fallen. Und wenn er dieses zusammengekehrt hätte, wieder neues. Und schließlich würde der Winter kommen und alles faule Laub mit Schnee bedecken. Warum also sollte er heute den Laubkehrer in die Hand nehmen? Warum sollte er ihn überhaupt jemals wieder in die Hand nehmen? Regelte die Natur nicht alles von selbst? War es nicht ein aussichtsloses Unterfangen, immer und immer wieder gegen die irdischen Kräfte anzukämpfen? Jetzt war er sechzig, aber irgendwann würde er siebzig sein, vielleicht auch achtzig, und die Gartenarbeit würde ihm immer weniger gut von der Hand gehen. Letzten Endes würde er sie aufgeben müssen und, mit schmerzenden Hüften am Fenster sitzend, der Natur dabei zusehen, wie sie sein Lebenswerk zerstörte. Oder er würde voller Ungeduld auf irgendeinen jungen Burschen warten müssen, der halbherzig und nur des Geldes wegen ein paar Finger in seinem einst so schönen Garten krümmen würde. Über diesen jungen und unverständigen, heute womöglich noch nicht geborenen Burschen ärgerte sich Herr Ohlmann jetzt schon.

Ohne es bemerkt zu haben, war Herr Ohlmann in die Garage hineingelaufen. Längst hatte er zärtlich die Motorhaube seines Wagens angefasst, da dachte er immer noch leidvoll an den jungen Mann, der irgendwann seinen Garten verhunzen und sich auch noch dafür bezahlen lassen würde. Was bildete sich die

Jugend eigentlich darauf ein, die Errungenschaften und Werte der älteren Generation so dreist zu missachten? Was hatte sie geleistet? Was würde sie je leisten? Der Wagen. Die Tatsache, dass er in der Garage stand, wunderte Herrn Ohlmann zwar nicht, denn er hatte ihn selbst dort abgestellt, dennoch vergegenwärtigte sie ihm aufs Neue die Abwesenheit seiner Frau. Margret war nicht mit dem Auto zum Yoga gefahren. Hatte jemand sie abgeholt? Ein Mann? War sie zu Fuß zur Bushaltestelle gegangen und von dort in die Innenstadt gefahren? Wo fand die Yogasitzung statt, und wer leitete sie? Früher, als der Wagen noch neu war und die Urlaubsreisen nach Italien oder Spanien führten, hätte sich Margret mit ihm zusammen über Yoga und dergleichen noch amüsiert. Herr Ohlmann erinnerte sich noch genau daran, wie sie in den Achtzigern – freilich war das noch lange vor Erwerb des aktuellen Wagens – zur aufkommenden Ökobewegung gestanden hatten. „Langhaarige Bombenleger", hatte Margret die Menschen genannt, die, mit ausladenden Wollpullovern bekleidet, gegen Aufrüstung, Umweltverschmutzung und Massentierhaltung demonstrierten. Herr Ohlmann überlegte, ob Margret damals wohl für Aufrüstung, Umweltverschmutzung und Massentierhaltung gewesen war, konnte sich aber beim besten Willen nicht mehr an ein diesbezügliches Statement ihrerseits erinnern. Sie hatte eben einfach kein Öko sein wollen und Herr Ohlmann beinahe ebenso wenig.

Der Wagen. Es war ein bald fünfzehn Jahre alter Peugeot-Kombi, und Herr Ohlmann erinnerte sich, als wäre es gestern gewesen, an das furchtbare Regenwetter während der Fahrt mit Margret zusammen vom Hof des Händlers nach Hause. Anstelle eines fabrikneuen hatte Herr Ohlmann sich damals das Schnäppchen eines Vorführwagens gegönnt. Vierundzwanzigtausend Kilometer standen am Übergabetag auf dem Zähler, und in all den Jahren danach waren nicht einmal siebzigtausend

weitere hinzugekommen. Außer der einen oder anderen Ur-
laubsfahrt hatte Herr Ohlmann den Wagen nur auf Kurzstrecken
eingesetzt. Zur Arbeit, zum Einkauf – mehr nicht. Und nun war
es ein alter Wagen. Alt, aber kaum genutzt – so wie er selbst,
fand Herr Ohlmann und fühlte sich irgendwie seltsam dabei.
Wenn man einen fünfzehn Jahre alten Peugeot Kombi verschrot-
ten ließ, würde sich kein Mensch etwas dabei denken. Ein fünfzehn Jahre altes Auto durfte durchaus seinen Geist aufgeben,
und wenn es auch nur wenige Kilometer auf dem Buckel hatte,
so waren fünfzehn Jahre doch nicht nichts. Ebenso verhielt es
sich mit einem sechzigjährigen Menschen. Wenn der starb, ak-
zeptierten die neutralen Beobachter das durchaus, denn sechzig
Jahre waren mehr als vierzig oder zwanzig, wenngleich es auch
noch keine achtzig oder hundert waren. Und was waren hundert
Jahre im Angesicht der Ewigkeit?

Er sollte den Wagen wienern, dachte Herr Ohlmann und
überlegte, wo Margret das Autopflegeset zuletzt deponiert haben könnte. Irgendwo in der Garage musste es sein. Es fiel ihm
nicht ein, und zum Suchen hatte er keine Lust. Trotzdem tapste
Herr Ohlmann unschlüssig um sich blickend in der dämmrigen
Garage umher. Dabei stolperte er über einen Eimer, dessen Inhalt – trockenes Laub – sich über den Garagenboden verteilte. Er
ließ es liegen, schloss die Garage und ging zurück ins Haus.

Dort überprüfte Herr Ohlmann zunächst die gerade abgele-
senen Zählerstände. Sie hatten sich in der Zwischenzeit kaum
geändert. Das befriedigte ihn. Er legte die achtlos dahingeworfe-
ne Apothekenumschau ins Altpapier, nahm sich stattdessen seine Tageszeitung und begann, darin zu lesen. Mit vierzig hatte er
die lokale Tageszeitung einmal für ein paar Jahre abbestellt und
dafür ein anspruchsvolleres Nachrichtenmagazin abonniert. Das
hatte er fünf Jahre lang durchgehalten, bis er sich endlich einge-

stand, dass ihn die großen und übergeordneten Themen nicht annähernd so sehr interessierten, dass sich ein Abonnement dadurch rechtfertigen ließ. Er wechselte zurück zur Lokalzeitung und somit auch ein Stück näher zur Ehrlichkeit: Klatsch und Tratsch, Sport und Wetter – mehr brauchte er nicht. Und mehr war auch, wenn man einmal wirklich ehrlich zu sein versuchte, nicht wichtig.

Herr Ohlmann setzte sich in seinen Sessel in der Nähe des großen Panoramafensters und schlug im milchigen Oktoberabendlicht die Todesanzeigen auf. Hilmar Grauenstein war gestorben. Herr Ohlmann und er hatten sich einmal flüchtig gekannt, als sie für kurze Zeit in derselben Jugendmannschaft gekickt hatten. Grauenstein war Abwehrspieler gewesen, Herr Ohlmann hingegen hatte im Mittelfeld seine Runden gedreht. Der Tod Hilmar Grauensteins ließ in Herrn Ohlmann keine rechte Freude aufkommen, bestätigte ihn aber doch in seiner Theorie, dass die quirligen und laufstarken Mittelfeldspieler früherer Jahre ein gesünderes Leben geführt haben mussten als die großen behäbigen Brocken, die einst das Abwehrzentrum jeder Jugendmannschaft gebildet hatten. Herr Ohlmann hatte eben manches richtig gemacht, was Hilmar Grauenstein verkehrt gemacht hatte. Sein Tod bestätigte dies, und es wäre heuchlerisch, dies nicht wenigstens in Gedanken beim Namen zu nennen. Der Tatsache, dass er in Wahrheit selbst seit Jahren kein Ausdauertraining gemacht hatte und seine gefühlte Fitness sich bloß aus der Erinnerung speiste, schenkte Herr Ohlmann keine Beachtung. Erinnerungen, so wusste er, waren die Füße, auf denen man stand, und Hilmar Grauenstein stand schon beim Fußball meistens verkehrt.

Herr Ohlmann ließ die Zeitung sinken. Das Geburtsdatum Hilmars hatte ihn nervös gemacht. Gab es denn gar keinen dritten Weg? Nur altern oder vorher sterben? Das war nicht fair. In jedem Gesellschaftsspiel dachten sie sich zahlreiche Optionen aus, und der kluge Spieler vermochte durch gewitzte Schachzüge die weniger gewitzten zu übertrumpfen. Wer aber gewann in diesem Spiel? Der neunzigjährige Greis im Gitterbett? Herr Ohlmann legte die Stirn in Falten. Es musste Menschen geben, die einen dritten Weg gefunden hatten, alles andere ergab überhaupt keinen Sinn. Wahrscheinlich standen diese Personen zueinander wie die Mitglieder eines Geheimbundes, erkannten sich an unauffälligen Zeichen und verloren unter Augenzeugen kein Wort über die große Lösung, die ihnen offenbar geworden war. Konnte der Zugang zu dieser Lösung im Yoga liegen? Unsinn, Yoga war ein Irrweg, Margret würde dies nach der ersten Sitzung erkannt haben, wahrscheinlich schon vorher, und nur mitgegangen sein, um sich in ihrer eigenen Theorie bestätigt zu sehen. Andererseits … Herr Ohlmann blickte auf die Uhr. Es war eine große Wanduhr mit römischen Zahlen, die ihnen Margrets Schwester einmal geschenkt und die Herrn Ohlmann schon immer ein bisschen geärgert hatte, weil die römische Darstellung der Zahl vier darauf nicht, wie es korrekt gewesen wäre mit einem I vor einem V, sondern peinlich falsch mit vier aufeinanderfolgenden I vorgenommen worden war. Trotzdem war es eine schöne Uhr, auch wenn man ohne Brille nur ganz schlecht die Zeit davon ablesen konnte. Obwohl Herr Ohlmann die Uhrzeit nicht richtig erkennen konnte, war ihm aber doch klar, dass Margret jeden Moment vor der Tür stehen würde. Auch Molly war aus einer Ecke des Hauses wieder zu ihm gestoßen, aus dröger Müdigkeit erwacht und Aktivität verkündend den Leib schüttelnd.

Molly würde niemals Yoga machen. Verrückte gab es zwar genug auf der Welt, aber Hunde waren einfach weniger empfänglich für abstruse Spinnereien und konzentrierten sich auf die wesentlichen Dinge des Lebens. Und selbst unter der großen Gesamtzahl der auf Erden umherlaufenden Hunde ließ sich Molly, ohne ihren Artgenossinnen zu nahe zu treten, gewiss als diejenige bezeichnen, die sich den klarsten und nüchternsten Blick bewahrt hatte, was vielleicht auch daran lag, dass sie in Herrn Ohlmann ein bewusst zurückhaltendes Herrchen besaß, welches ihr gestattete, sich ihren eigenen Interessen zu widmen. In Herrn Ohlmann regte sich ein unbekanntes Gefühl der Bewunderung für Molly. Kein Zweifel: Nach zwölf Jahren gemeinsamen Alltags hatte er seine Hündin schätzen und lieben gelernt.

Herr Ohlmann stand auf und deckte den Tisch. Mit seiner alten Kurbelmaschine schnitt er die üblichen sechs Scheiben Mischbrot ab – zwei für Margret und vier für sich selbst. Er legte sie in ein vor Urzeiten handgeflochtenes Bastkörbchen, stellte zwei Teller auf den Tisch und legte zwei Messer hinzu. Dann holte er zwei Trinkgläser aus dem Schrank – nach dem Leeren ihres ursprünglichen Inhalts ausgespülte Senfgläser, die seit Jahren prächtig ihre neue Funktion erfüllten. Herr Ohlmann hielt inne, dachte nach und räumte schließlich alles bereits Hingestellte wieder vom Tisch. Er legte eine schöne Decke auf, stellte die Senfgläser wieder in den Hängeschrank zurück und alles andere wie eben auf den Tisch, ergänzte mit Butter, Käse und Wurst, schnitt eine Tomate in feine Scheiben und würzte sie mit etwas Pfeffer und Salz, öffnete den feinen Lachs aus norwegischer Aquakultur und fügte dem schönen Arrangement eine bislang unbenutzte Kerze hinzu. Am Ende nahm er noch zwei feine Weingläser aus der Wohnzimmervitrine und entkorkte eine gepflegte Flasche Spätburgunder. Er wusste nicht warum, aber es war ihm danach.

Die Türglocke läutete. Margret sah es ähnlich, ohne Schlüssel aus dem Haus zu gehen. Nie wusste sie, wo ihre Schlüssel gerade steckten. Einmal hatten Margret und Herr Ohlmann vor Antritt einer lange geplanten Urlaubsreise zwei geschlagene Stunden nach Margrets Schlüssel gesucht und sich dabei derart in die Haare bekommen, dass sie den Urlaub schon abblasen wollten. Dann aber fand Margret ihren Schlüssel arglos im Zündschloss des gepackten Wagens steckend. So war Margret. So war sie zumindest bisher gewesen. Herr Ohlmann verlangsamte seinen Schritt. Was, wenn vor der Tür nun eine Margret stand, der im Yoga eine neue Persönlichkeit entwachsen war und die auf einmal keinen Zugang mehr zu ihm, dem stabilen und verlässlichen Anker in ihrem Leben, finden würde? Was, wenn Margret im Bewusstsein des ominösen dritten Weges nur noch einmal kurz nach Hause gekommen war, um gleichermaßen zielstrebig wie endgültig ihre Koffer zu packen?

Mit einem Seufzen öffnete Herr Ohlmann die Tür. Davor stand der Zählerableser. Er war nicht derselbe wie eben, trug aber die gleiche Montur und sah auch in Statur und Mimik dem vorigen erstaunlich ähnlich.

„Guten Tag, ich komme im Auftrag der örtlichen Energieversorger, um die Zählerstände abzulesen", sagte er in freundlichem Tonfall. „Darf ich hereinkommen?" „Selbstverständlich", antwortete Herr Ohlmann, auf einmal wieder ganz der Hausbesitzer, und wies dem netten jungen Mann den Weg zu den vorhin gefundenen Zählern. Es war eine Sache von wenigen Sekunden, der Zählerableser notierte, dankte und verabschiedete sich so geschwind, wie er gekommen war. Herr Ohlmann murmelte zum Abschied lässig grüßend etwas in der Art von „Alles klar" und schloss die Tür.

In der halben Stunde, die er nun noch erfolglos auf Margret wartete, gingen ihm verschiedene Ideen durch den Kopf, welche es allesamt aber nicht wert waren, weiter verfolgt zu werden. Schließlich goss er sich ein Glas Spätburgunder ein und leerte es in hastigen Zügen. Der Wein schmeckte großartig. Und Herr Ohlmann fühlte sich ebenso großartig. Er ging zur Garderobe, zog sich Schuhe und Mantel an, nahm seinen Hut und öffnete die Tür. Draußen war es dunkel geworden. Herr Ohlmann zögerte diesmal nur ganz kurz, dann setzte er den Fuß über die Schwelle und verschwand in der Nacht. Zweifelsohne war er ein Mann.

Kapitel 6

Das großartige Gefühl, ein Mann zu sein, begleitete Herrn Ohlmann eine gute halbe Stunde lang. Dann wich es nach und nach dem Bewusstsein für die Tatsache, dass es wieder nieselte. In der Zwischenzeit war Herr Ohlmann umhergelaufen, ohne ein wirkliches Ziel zu verfolgen. Dabei hatte er sich nicht einmal an den Wegen orientiert, die er regelmäßig mit Molly ablief, sondern sich treiben lassen wie ein wahrer Lebenskünstler. Ja, ein Künstler: Hans Heinrich Ohlmann, der Mann, der Spätburgunder trank und hernach in die Stadt zog, um zu zeigen, dass er noch am Leben war. Kaum anders war es mit achtzehn oder zwanzig gewesen, als ihn die starken Füße auf verheißungsvollen Pfaden durch tanzende Nächte geleitet hatten. Und sie hatten ihn stets an die richtigen Orte gebracht, ohne die er nicht zu dem hätte werden können, der er heute war. Zu einem Mann, der wusste, wovon er sprach, auch wenn er selten redete.

Der Nieselregen schaffte es dann aber doch, die großen Gefühle wegzuwischen. Das Leben bestand aus Momentaufnahmen, aus davonhuschenden Wirklichkeitsfetzen, die an unsichtbaren Schnüren verbunden über Jahrzehnte hinweg aneinanderhingen. Und nun lautete seine Wirklichkeit eben „Nieselregen". Der störte Herrn Ohlmann zwar wenig, brachte es aber fertig, ihn an schwierige, harte Dinge denken zu lassen. An Dinge, von denen man normalerweise nichts wissen wollte, die man verdrängte, weil sie schlecht auszuhalten waren. An Krieg und Tod zum Beispiel, und an Verbrecher, die, genau wie Herr Ohlmann selbst, im dunklen Schutz des Herbstabends um die Häuser schlichen, um ihre bösen Pläne in die Tat umzusetzen. Kurios, dass ihn gerade diese dunklen Gestalten so ängstigten und nicht die in selbstgefälliger Helligkeit agierenden Gotteskrieger, die den Tod über all jene zu bringen versuchten, in denen sie Ungläubige und Feinde ihres zornig strafenden Herrn sahen. Diese Menschen wähnten sich im Dienste einer höheren Sache und waren daher für Argumente absolut unempfänglich. Sie machten Herrn Ohlmann, der Agnostiker war und sich keinen eitel strafenden Gott vorstellen mochte, bestenfalls zornig, weil sie so blind und trotzdem selbstsicher waren und so gar nicht bereit, ihre Sicht der Dinge in Frage zu stellen.

Anders die Diebe der Nacht. Sie ängstigten Herrn Ohlmann, denn sie ähnelten ihm. Stets ließen sie den Rest der Welt über ihre Absichten im Unklaren, taten harmlos und trugen doch das Potential zu Tücke, List und Unmoral in ihrem Innern. So auch Herr Ohlmann, der, obschon in den vergangenen sechzig Jahren so gut wie nie mit dem Gesetz in Konflikt gekommen, an diesem Abend das Gefühl hatte, er könne Bäume ausreißen. Am liebsten wäre er in eines der properen Grundstücke eingedrungen, hätte sich einen Busch gegriffen, ihn aus dem Boden gezerrt und eine Fensterscheibe damit eingeworfen. Und damit nicht genug, hätte er nach dem Einwerfen der Scheibe nicht die Flucht ergriffen, sondern an der Tür des Hauses geklingelt, den Besitzer auf seine Tat aufmerksam gemacht und ihm einen prächtigen Kinnhaken verpasst. Er war Hans Heinrich Ohlmann, der Mann, der wusste, wo in seinem Haus sich die Strom-, Gas- und Wasserzähler befanden, und der sich ein Leben lang hinter der Maske des biederen Langweilers getarnt hatte. Böse war dieser Herr Ohlmann, böse und abgrundtief schlau.

Herr Ohlmann konzentrierte sich mehr darauf, seinen eigenen Gedanken zu folgen als seinen Füßen, die weiter ziellos dahinschritten. Selten zuvor hatte er derartige Gewaltfantasien verspürt, eigentlich nie, denn das Leben hatte ihn gelehrt, dass man besser zurechtkam, wenn man die Gefühle und Bedürfnisse anderer Menschen berücksichtigte. Nun aber dachte Herr Ohlmann ernsthaft darüber nach, ein Verbrechen zu begehen, und erschrak nicht einmal, als er bemerkte, zu welch konkreter Vorstellungskraft er fähig war. Es würde schon ein Verbrechen sein müssen, das etwas hermachte. Kein simpler Steuertrick und auch kein Internetbetrug. Betrügen hätte er in all den Jahren in der Behörde reichlich gekonnt. Unzählige Buchungen hatte er dort zu verantworten gehabt, und bei keiner einzigen hatte es jemals ernsthafte Beanstandungen gegeben. Nichts, das über einen einfachen und leicht zu korrigierenden Zahlendreher hinausgegangen wäre. Gewiss hätte er allerhand Intelligenz investieren müssen, um beim Betrügen nicht entdeckt zu werden, aber daran hatte er nie einen Gedanken verschwendet, weil es ihm stets ein Anliegen gewesen war, als rechtschaffen und gut zu gelten.

Herr Ohlmann blieb stehen. Ob er einen Mord begehen konnte? Einen Raubüberfall mit allem Drum und Dran? Es gab so viel Schreckliches auf dieser Welt, und nie hatte Herr Ohlmann in dieser Tatsache mehr gesehen als einen lästigen Nebeneffekt der fehlerhaft konstruierten menschlichen Natur. Weit entfernt war er stets davon gewesen, für einen Gewalttäter etwas wie Sympathie zu empfinden. Im Gegenteil, er hatte immer denjenigen verabscheut, der sich ohne Berechtigung das nahm, was ihm nicht gehörte, und seine eigenen rohen Bedürfnisse über die der Allgemeinheit stellte. Selbst Fernsehkrimis hatte sich Herr Ohlmann seit Jahren nicht mehr angesehen, schlicht und einfach deswegen, weil ihn die unnötigen Morde darin nervten. Jemanden umzubringen, war der unerhörteste und zu Recht am härtesten bestrafte Eingriff in das Leben eines Menschen, und es wäre Herrn Ohlmann im Traum nicht eingefallen, eine solche Tat zu begehen. Allerdings, und diese Tatsache durfte er nicht ignorieren, fühlte Herr Ohlmann an diesem kühlen Nieselabend ein merkwürdiges Pochen und Rauschen in sich, das ihm eine aggressive Lust vermittelte, unerhörte Dinge zu tun.

Nein, er durfte niemanden umbringen. Wen denn überhaupt? Sollte er irgendwo klingeln und das öffnende Großmütterchen erwürgen? Hatte er ein Motiv? Würde es genügen, auf dieses Pochen und Rauschen zu verweisen, um straffrei davonzukommen? Wollte er überhaupt straffrei davonkommen? Herr Ohlmann stellte sich vor, wie es wäre, wenn es eines schönen Tages an seiner Haustür klingeln würde und zwei uniformierte Personen ihn ohne viel Federlesens überwältigen und in Handschellen abführen würden. Er stellte sich Margrets Gesicht dabei vor. Margret, die ihm wahrscheinlich wenige Minuten zuvor den Auftrag gegeben hatte, den Flur zu saugen, und die für den Bruchteil einer Sekunde glauben würde, Anlass für die Verhaftung ihres Gatten sei dessen nachlässiger Umgang mit dem Staubsauger gewesen. Aber gewiss würden sie ihm keine Handschellen anlegen. Modern und auf sozialarbeiterische Weise deeskalierend würden sie ihn bitten mitzukommen, und er würde es natürlich tun – festen Schrittes, seriös und ein bisschen stolz darauf, Margret auch in fortgeschrittenem Alter noch derart verblüffen zu können. Er würde nicht fragen, was ihm zur Last gelegt werde, sondern die Größe besitzen, die Konsequenz seiner wie auch immer zu bewertenden Tat ohne Wenn und Aber zu tragen.

Grandios wäre eine Verhaftung während der Arbeit. Er würde gerade einen irrsinnig uninteressanten Arbeitsauftrag von Esther Lindenborn erhalten, als die Tür aufspringen und ein bis an die Zähne bewaffnetes Sondereinsatzkommando den Raum stürmen würde. „Hans Heinrich Ohlmann?", würden sie ihn nach seinem Namen fragen, doch antworten würde er nicht können, denn man würde ihn schon längst gefesselt und geknebelt haben, und Frau Lindenborns schrille Schreie würden sowieso jeden Antwortversuch übertönen. Mit mehreren Leuten würden sie ihn den Flur hinabführen, und Frau Lindenborn würde erst in diesen Sekunden begreifen, wie unwürdig und die Realität verhöhnend es war, dass ausgerechnet sie kleines Licht sich Vorgesetzte dieses großen, gewiss nun lange einsitzenden Mannes nennen musste. Natürlich würde sie Interviews geben und erzählen, wie gewissenhaft dieser unauffällige Herr Ohlmann über Jahrzehnte hinweg seine Arbeit verrichtet hätte. Sie würde unerhört geschockt tun und sich im Innern doch über die Sensation freuen, die dummen Menschen wie Frau Lindenborn letztlich näher war als die langweilige Normalität.

So verlockend diese Aussichten auch alle sein mochten – Herr Ohlmann konnte niemanden umbringen. Er lief weiter und trat dabei etwas zu heftig in eine Pfütze hinein, als schwömme in ihrem trüben Wasser die Schuld an all seinen Unzulänglichkeiten, doch es half nichts: Hans Heinrich Ohlmann würde niemandem das Leben nehmen. Nicht, wenn nicht sein eigenes davon abhinge. Menschen ermorden war eine schmutzige Sache, schmutziger als schmutzig, es war eine unzivilisierte Angelegenheit, die freilich ebenso oft unter dem Deckmantel der Zivilisationserhaltung praktiziert wurde. Neid, Missgunst, Hass – allesamt Kriterien, mit denen Herr Ohlmann wenig anfangen konnte. Um Neid zu empfinden, missgünstig oder hasserfüllt zu sein, bedurfte es eines grundlegenden Interesses an anderen Menschen, das Herr Ohlmann nicht teilte. Ihm war egal, was andere besaßen, woran andere glaubten und was andere von ihm dachten. Wenn es nach ihm gegangen wäre, würden die Menschen einander einfach in Ruhe lassen. Was den großen Vorteil mit sich brächte, dass man auch ihm seine Ruhe ließe.

Dennoch rauschte und pochte es an diesem Abend in Herrn Ohlmanns Innern, und er überlegte, ob der Spätburgunder tatsächlich nur Spätburgunder enthalten hatte. Ihm war, wenn er es sich recht überlegte, nach einer gepflegten Sachbeschädigung. Gern auch einer Sache, für die sich niemand interessierte. Ein lange unbeachtetes Denkmal etwa oder ein leerstehendes Gebäude. Er könnte ein Graffiti daran sprühen, einen griffigen Slogan wie z.B. „Ohlmann ist cool" oder „Ämter sind doof". Aber er hatte kein Graffiti-Spray, und er hatte auch keine Lust, sich eines zu besorgen. Graffiti sprayen war leider nichts, wofür man in Handschellen abgeführt wurde. Es war, so bitter das klingen mochte, eher etwas für Jugendliche, die sich nach Bedeutsamkeit sehnten. Also nichts für ihn, denn er, Herr Ohlmann, war wohl bedeutsam genug.

Herr Ohlmann blieb abermals stehen und starrte die dunkle Straße hinab. Die Wirkung des hastig heruntergekippten Spätburgunders hatte nun endgültig nachgelassen. Es war nicht schön hier draußen, und es ergab auch keinen Sinn, hier draußen zu sein. Herr Ohlmann ärgerte sich über diesen vermeidbaren Moment in seinem Leben. Er hätte daheim bleiben sollen, dort, wohin Margret wahrscheinlich längst wieder zurückgekehrt war. Lächerlich zu glauben, es stecke mehr hinter dieser Yogasache als nur die Höflichkeit, dem hartnäckigen Werben einer Freundin nicht widerstehen zu wollen. Margret saß jetzt zu Hause am gedeckten Tisch und wartete. Warum tat er ihr das an? Herr Ohlmann kehrte um. Es wäre blanker Unsinn, dies nicht zu tun, und auch seine vorherigen Gedanken waren unsinnig gewesen. Völlig abstrus, ein Verbrechen begehen zu wollen. Niemand hatte ihm je etwas angetan, und auch er wollte niemandem etwas antun. Das Leben hatte es zumeist gut mit ihm gemeint, und mit Margret war er immer bestens ausgekommen. Es war schön, am Ende des Berufslebens auf einen stabilen und sicheren Arbeitsalltag zurückblicken zu können, frei von Existenzängsten, und eine Frau an seiner Seite zu wissen, die ihm stets den Rücken freigehalten hatte. Zu Hause warteten nicht nur Margret und Molly, sondern auch eine funktionierende Zentralheizung – was konnte schöner sein auf Erden?

Da sah Herr Ohlmann die Tonne. Es war eine große schwarze Mülltonne, die ein Anwohner just in den wenigen Minuten an den Straßenrand geschoben haben musste, die vergangen waren, seitdem er diese Stelle zum letzten Mal passiert hatte. Sie stand mitten auf dem Bürgersteig, so dass Herr Ohlmann auf die Fahrbahn wechseln musste, um an ihr vorbeizukommen. Der Deckel der Tonne schloss, wegen Überfüllung, nur dreiviertels und wippte im für Herbstverhältnisse lauen Wind ein wenig auf und ab. Beim Näherkommen bemerkte Herr Ohlmann, dass bereits ein paar Abfallstücke – anscheinend Windeln – aus der überfüllten Tonne herausgefallen waren. Wie selbstverständlich bückte sich Herr Ohlmann nach ihnen und schob sie möglichst tief ins Tonneninnere zurück. Befriedigt stellte er fest, dass der Deckel nun besser schloss, und wollte seinen Weg schon fortsetzen. Aber er konnte nicht.

Die Tonne war seine Chance. Sie war der unerwartete Elfmeter in der Nachspielzeit, der ein geschlagenes und über neunzig Minuten hoffnungslos unterlegenes Team zurück ins Spiel brachte. Wie sollte er diese Tonne nun sich selbst überlassen, da sie doch aus dem Nichts und nur für ihn erschienen war, als wolle sie ihm die Gelegenheit geben, seine unausgesprochenen und beinahe verflüchtigten kriminellen Wünsche auszuleben? Es war zu einfach. Es würde genügen, die Mülltonne auszuleeren – entweder auf die Straße oder auf irgendein Grundstück. Vielleicht nicht gerade auf das der Besitzer, denn die hatten sich ja immerhin die Mühe gemacht, ihre Windeln zu entsorgen. Andererseits – warum nicht auf das Grundstück der Besitzer? Barg dies nicht eine subtile Komik, eine intelligente Art von Humor, die im Rauschen und Pochen des Spätburgunders erst recht nach Ausbruch verlangte? Herr Ohlmann ärgerte sich darüber, nur ein einziges Glas getrunken zu haben. Ebenso gut hätte er Mineralwasser trinken können. Er packte die Tonne am dafür vorgesehenen Griff und neigte sie ein gutes Stück zur Seite. Da hörte er, wie sich hinter einer gepflegten Thujahecke ein Schlüssel im Schloss drehte. Unschlüssig überlegte Herr Ohlmann, was er tun sollte. Zeit wäre noch genug, die Tonne aufrecht hinzustellen und, den braven Abendspaziergänger mimend, das Weite zu suchen. Aber auch jetzt konnte Herr Ohlmann nicht. Wie ein Schraubstock hatte sich seine Hand um den Griff der Mülltonne geschlungen, und die Geräusche der aufspringenden Tür und der sich nähernden Schritte drangen wie durch Watte in sein Ohr. Er konnte die Tonne nicht loslassen, aber er konnte auch nicht warten, bis er endgültig in das Blickfeld des rechtmäßigen Tonnenbesitzers gerückt war. Abstrus die Vorstellung, dem Tonnenbesitzer Auge in Auge gegenüberzustehen, „guten Abend" zu sagen und ihm den Abfall vor die Füße zu kippen. Gab es vernünftige Menschen, die auf so etwas mit Humor reagierten? Doch eigentlich nur, wenn sie in der Fernsehsendung *Verstehen Sie Spaß?* gelandet waren und der zuvor gut verkleidete Moderator ihnen nach Preisgabe seiner Identität die Richtung gewiesen hatte, in der sich die versteckte Kamera befand. Da lachten die Menschen, denen man zuvor so übel mitgespielt hatte, als ob die Tatsache, nun im Fernsehen zu sein, als Entschuldigung für alles oder auch nur für irgendetwas herhalten könne.

Er könnte, überlegte Herr Ohlmann, dem Tonnenbesitzer die Tonne mit den Worten „Herzlich willkommen in der Fernsehsendung *Verstehen Sie Spaß?*" entgegenwerfen und die darauf folgenden Momente der Verwirrung zur Flucht nutzen. Vielleicht hatte er Glück und wurde nicht erkannt. Flucht – ein gutes Stichwort. Buchstäblich in letzter Sekunde nahm Herr Ohlmann die Beine in die Hand und floh. Er floh, die Tonne weiter fest im Griff, in die Richtung, aus der er zuletzt gekommen war. Dabei rannte er wie ein kaum trainierter sechzigjähriger Mann noch rennen konnte. „Besser als Yoga", dachte er, aber das war kein besonders ungewöhnlicher Gedanke, denn beinahe alles war für Herrn Ohlmann besser als Yoga. Die Tonne holperte und polterte über den unregelmäßig behauenen Bürgersteig und musste ihn zwangsläufig verraten. Umdrehen wollte sich Herr Ohlmann nicht, er war ja nicht bescheuert, aber die fluchende Stimme aus dem Off erreichte doch sein Ohr und verursachte ihm eine Art heimeliger Angst, wie er sie beim kindlichen *Räuber und Gendarm* zuletzt verspürt hatte. Mindestens zwei oder drei Häuser lang behielt er die Schraubstockumklammerung bei, dann lockerte er seinen Griff, ließ die Tonne austrudeln und verschwand ohne Beute in einen unbeleuchteten Seitenpfad. Er würde davonkommen, einen Herrn Ohlmann erwischte man nicht so leicht. Schließlich war er sechzig und kannte sich aus.

Kapitel 7

Mit der Tonne verwarf Herr Ohlmann auch den Gedanken, nach Hause zurückzukehren. Stattdessen ging er in eine Kneipe. Die Kneipe lag in der Stadtmitte und war ein großer und belebter Ort, der sich trotz der für Herrn Ohlmann gewagten Entscheidung ihres Besitzers, aus einer alteingesessenen Discothek ein bayerisches Brauhaus zu machen, erstaunlichen Zulaufs erfreute. Herr Ohlmann war, von seiner Kegelleidenschaft einmal abgesehen, die freilich weniger Leidenschaft als Gewohnheit genannt werden musste, kein Kneipengänger. Es ergab sich im Alltag einfach nicht, er hatte seine Arbeit, seinen Feierabend, wozu hätte er da in die Kneipe gehen sollen?

Als er mit klammen Fingern die schwere Eichentür aufgezogen und auch den als Windfang dienenden dunklen Vorhang durchschritten hatte, beschlug seine Brille. Herr Ohlmann erinnerte sich an die Zeit, in der er Margret kennengelernt hatte. Damals hatte er gastronomische Betriebe noch häufiger aufgesucht und sich immer äußerst unwohl dabei gefühlt, nach dem Betreten einer solchen Stätte zunächst einmal die angelaufene Brille absetzen zu müssen. Von allen gesehen zu werden, aber selbst niemanden erkennen zu können, mochte vielleicht eine Sache für Filmschauspieler sein, nicht aber für einen kurzsichtigen Verwaltungsangestellten auf der Suche nach Zerstreuung.

Zum Glück hatte Herr Ohlmann ein Papiertaschentuch einstecken, mit dem er seine Brille rasch vom Kondensat befreien konnte. Er setzte sie wieder auf und schaute sich nach einem kleinen Tisch in der Ecke um. Schon immer hatte er am liebsten in den Ecken und Nischen gesessen, auch in der Zeit, in der er Margret noch häufiger zum Essen eingeladen hatte. Herr Ohlmann war eben keiner für den Mittelpunkt des Geschehens, und es war ihm auch immer schon ein wenig peinlich gewesen, wenn andere Gaststättenbesucher die belanglosen Gespräche mithören konnten, die er in der Öffentlichkeit einzig und allein deswegen mit Margret führte, um nicht als unglückliches Paar gebrandmarkt zu werden, das sich nichts mehr zu sagen hatte. Dabei redeten Margret und er eigentlich oft miteinander, über Yoga hätten sie gerade heute eine abendfüllende Diskussion führen können, aber ergiebiger war das in den eigenen vier Wänden und nicht an Orten, an denen stets die Wirkung auf den Betrachter mitbedacht werden musste.

Heute war kein Tisch an den Rändern frei. Kaum zu glauben, an einem simplen Montagabend, an dem die Menschen doch schon längst wieder an den Dienstag denken mussten. Herr Ohlmann setzte sich an einen Tisch in der Mitte des Lokals, der immerhin die Vorteile mit sich brachte, besonders klein zu sein und zur einen Seite hin an einen rechteckigen Pflanzkübel zu grenzen, aus dem irgendein grünes Kraut nach oben rankte. Mit der Rückenlehne zu diesem Kübel sitzend gelang es Herrn Ohlmann, seine Lage als akzeptabel zu empfinden, und er ließ sich, wie es sich für einen seriösen Herrn vom Amt gehörte, vom geschwinden Kellner die Karte reichen, die er sogleich zu studieren begann. Keineswegs wollte er das Falsche bestellen, also entschied er sich für einen halben Liter helles Bier von der im bekannt milden bayerischen Stil gebrauten Hausmarke. Was Bier betraf, war Herr Ohlmann nicht wählerisch – ganz im Gegensatz zu einigen Männern, die er kannte. Für sie schien die favorisierte regionale Biermarke ein derart essentielles Identitätsmerkmal zu sein, dass sie von der Chance, einmal eine andere Sorte für ihren häuslichen Bestand zu kaufen, ums Verrecken keinen Gebrauch machten.

„Ein Helles und eine Brotzeit hätte ich gern", sagte Herr Ohlmann also zu dem eifrig die Karte einkassierenden Kellner, der sofort weiter hastete, um an anderen Tischen die Bestellungen entgegenzunehmen. Es war in der Tat ein tüchtiger Kellner, denn er brachte, ohne sich zuvor Notizen gemacht zu haben, bereits nach wenigen Minuten das Georderte und wünschte in professioneller Freundlichkeit einen guten Appetit. Dieser Mann, dachte Herr Ohlmann, leistete an einem gewöhnlichen Arbeitstag gewiss das Dreifache von dem, was er selbst zu leisten pflegte, und doch bekam er vermutlich deutlich weniger Geld dafür. War das gerecht? Herr Ohlmann würde nachher daran denken müssen, dem Mann ein ordentliches Trinkgeld auszuhändigen. Leistung sollte sich lohnen, und mit Leistung hatte er es hier ohne jeden Zweifel zu tun.

Er widmete sich seiner Brotzeit und trank einen großen Schluck Bier. Als störend empfand er es nicht, ganz allein am Tisch zu sitzen, eher gefiel es ihm sogar. Da das lästige Kommunizieren mit anderen unterblieb, konnte er ungestört die Menschen in seiner Umgebung beobachten. Am Tisch direkt in seiner Blickrichtung saß eine Familie mit Kindern im Grundschulalter. Gewiss würden sie nicht mehr lange bleiben, denn es dürfte schon nach sieben Uhr sein, und Kinder brauchten ja wohl ihren Schlaf, wenn sie am nächsten Tag in der Schule mitkommen wollten. Sofern sie in den heutigen Schulen überhaupt noch irgendwo mitkommen mussten. Herr Ohlmann hatte kürzlich von einem weitläufig verwandten Jungen erfahren, in dessen Schulklasse es von lern- und verhaltensauffälligen Kindern nur so wimmelte. An manchen Tagen saßen deswegen fünf verschiedene erwachsene Betreuerinnen im Unterricht dabei und sahen zu, wie die Lehrerin die schriftliche Division erklärte. Gut, dass er kein Lehrer geworden war, dachte Herr Ohlmann. Die Kinder am Nachbartisch waren ihm unsympathisch. Ständig zupften sie am Ärmel ihrer beachtenswert übergewichtigen Mutter herum, die daraufhin von ihrem Smartphone aufsah und sich den Kindern zuwandte. Was diese wohl immerzu von ihrer Mutter wollten? Bestimmt ihr Smartphone, vermutete Herr Ohlmann und griff wieder nach seinem Bier.

Hätte er ein Smartphone dabei, würde Herr Ohlmann wahrscheinlich ebenso dasitzen wie die Frau am Kindertisch. Aber Herr Ohlmann hatte sein Smartphone nicht dabei, denn er besaß keines. Er war schon immer ein wenig technikfeindlich eingestellt gewesen, ohne einen wirklichen Grund dafür nennen zu können. Wahrscheinlich lagen ihm neue Dinge einfach nicht besonders. Was er liebte, gewann er meistens erst mit den Jahren lieb – ob es nun sein Wagen war, die ihm vom Standesbeamten zugewiesene Person oder … ja, Molly. Jedenfalls konnte er mit einem Bier in der Hand deutlich mehr anfangen als mit einem strahlenden Hightechprodukt, das die höllische Eigenschaft besaß, die eigene überschaubare Welt in die tosende Welt aller anderen hineinzusaugen. Bier hingegen – und das Helle schmeckte zur Brotzeit wirklich ausgezeichnet – wirkte genau andersherum: Es machte dicht gegen die neugierigen Blicke der Außenwelt, und wenn es nicht das Problem drohender Leberzirrhose gegeben hätte und auch nicht die Gefahr, nach dem Genuss zu vieler Gläser peinlichen Smartphone-Fotomitschnitten ausgesetzt zu sein, wäre Bier in der Tat das Mittel der Wahl, um alt zu werden.

Herr Ohlmann winkte den Kellner heran und bestellte ein zweites Helles. Die Brotzeit verlangte ihm einiges ab, allein schon der Obatzter und der mit Ei und Speck gespickte Salat machten ihn durstig und zwangen permanent zum Trinken. Gerade wollte er sein frisch gefülltes Glas erheben, da patschte eine große klobige Hand auf seinen Tisch. Reflexhaft, wie eine Mutter, die ihren Schutz über ihre Liebsten ausbreitet, ergriff Herr Ohlmann sein Bier und verhinderte so, dass mehr als nur ein paar Spritzer über den Glasrand hinausschwappten. Am Ende des Armes, der mit der auf dem Tisch liegenden klobigen Hand verbunden war, saß ein unsagbar dickes Gesicht auf einem kurzen, dafür aber äußerst ausladenden Hals. Den Augen nach musste dieser schlecht rasierte Mann schwer betrunken sein. In seinen Bartstoppeln hatten sich Essensreste und eine undefinierbare Flüssigkeit verfangen, und mit den Füßen balancierte der nicht mehr ganz junge Herr seinen unkontrolliert kippenden Körper aus. „Was", herrschte er Herrn Ohlmann an, „was". Herr Ohlmann überlegte nicht lange, was der Schwerbetrunkene ihm mit dem Wort „was" sagen wollte, denn es war eindeutig als Drohung zu interpretieren. Das untermauerte der Mann noch einmal dadurch, dass er jetzt etwas lauter „Was" brüllte und Herrn Ohlmann dabei finster ansah, zumindest insoweit seine Augen noch dazu in der Lage waren, jemanden auf eine bestimmte Art und Weise anzusehen.

Gottlob wurde dem Spuk rasch ein Ende bereitet. Der tüchtige Kellner packte den Mann mit Hilfe eines Kollegen und führte ihn mit lauten und unmissverständlich einfach formulierten Anweisungen vor die Tür. Danach eilte er zu Herrn Ohlmann, räumte und wusch den Tisch ab, brachte ihm ein neues Helles und – Herr Ohlmann stöhnte innerlich leise auf – auch einen neuen Salat. Dabei entschuldigte er sich mit ernstgemeinten, aber dennoch humorvollen Worten. Dieser Kellner verstand sein Handwerk, dachte Herr Ohlmann, und freute sich, wie er es immer tat, wenn Menschen wussten, wovon sie redeten. Das taten beileibe nicht alle, und man musste schon eine gewisse

Lebenserfahrung besitzen, um die klug klingenden Dummschwätzer von denen zu unterscheiden, die von einem bestimmten Gebiet Ahnung hatten. Leicht war das eigentlich nur in der Politik, denn dort, so wusste Herr Ohlmann, war die Materie derart kompliziert und der mediale Druck, sich dennoch dazu zu äußern, derart hoch, dass die Wahrscheinlichkeit, etwas Vernünftiges von sich zu geben, verschwindend gering sein musste. Über Politiker schimpfte Herr Ohlmann daher nie, im Gegenteil: Seine Erwartungen an diese überforderte Berufsgruppe waren dermaßen niedrig, dass sie ihn nur positiv überraschen konnte.

Am Tisch gegenüber hatte jetzt eines der Kinder tatsächlich das Smartphone seiner Mutter in die Hand genommen. Die Mutter hingegen schaute aus erwacht amüsierten Augen in Richtung der Ausgangstür, durch die der Schwerbetrunkene verschwunden war. Dabei unterhielt sie sich mit ihrem asiatisch anmutenden Begleiter, der im Leben nicht der Vater ihrer Kinder sein konnte. Warum, fragte sich Herr Ohlmann, konnten Elternpaare nicht mehr zusammenbleiben und ihren Kindern die schützende Burg bieten, die sie so dringend benötigten? Was war die ganze Unterhaltungselektronik wert gegen die Mauern einer Festung, in die sich ein tagsüber freilaufendes Kind am Abend zurückziehen konnte? War es wirklich so schwer, ein Kind auf den rechten Weg zu bringen? Margret und er hatten über die nicht vorhandenen eigenen Kinder selten gesprochen, dafür in letzter Zeit aber umso häufiger über die missratene Enkelin von Margrets älterer Schwester. Deren Sohn war deutlich zu früh Vater geworden und hatte von Beginn an wenig Kontakt zu seinem Kind. Herr Ohlmann hatte dieses Kind nie leiden können, da sämtliche Anverwandten, der unreife Kindsvater einmal ausgenommen, viel zu viel Wirbel um es veranstalteten, wenn es zu Besuch kam. Dieses Kind konnte nichts tun, ohne dafür Applaus zu ernten oder mit der Kamera gefilmt zu werden. Entsprechend gering war daher später seine Motivation, ohne Applaus und Kamera eine Sache für sich zu entdecken, was man an einigen abgebrochenen Ausbildungsgängen bestens erkennen konnte. Warum verstanden die Leute diese einfachsten Gesetzmäßigkeiten der Erziehung nicht? Waren sie alle dumm? Herr Ohlmann trank einen großen Schluck Bier. Er wäre ein hervorragender Vater geworden.

Erst jetzt bemerkte Herr Ohlmann die Musik. Sie war nicht allzu leise und musste wohl schon seit Längerem laufen, aber Herr Ohlmann hatte bislang noch nicht darauf geachtet. Sie spielten gerade „American Pie" von Don McLean, und zwar in der langen Originalversion, was in Herrn Ohlmann eine gewisse Begeisterung hervorrief. Er hatte das Lied seit Jahren nicht mehr gehört und verspürte Respekt für den Verantwortlichen, ein solches Meisterwerk ausgegraben zu haben und dem insgesamt doch recht jungen Publikum dieses Hauses zu präsentieren. Ein Publikum, das einer Generation angehörte, deren Gelassenheit im Umgang mit den Dingen Herrn Ohlmann durchaus missfiel. Man konnte ihm alles vorsetzen, Gutes und Schlechtes, Schönes und Hässliches – und niemanden interessierte es. Keiner der gutaussehenden unter vierzigjährigen Menschen, die hier zusammensaßen, würde sich noch vorstellen können, was dieser Song, „American Pie", in Herrn Ohlmann einmal ausgelöst hatte. Welcher der heutigen Smartphonebesitzer würde begreifen, warum er, der junge an einer Biertheke Dienst habende Mann, einmal seine Arbeit spontan sich selbst überlassen hatte, über seine mit halbgezapften Bieren gefüllte Theke gesprungen und auf die Tanzfläche gestürzt war, nur, weil sie damals „American Pie" von Don McLean spielten? Heute waren die Menschen abgestumpft, fand Herr Ohlmann. Heute ging es bestenfalls noch darum, halbwegs emotionale Momente mit dem Smartphone einzufangen und in die Welt hinauszuposten. Jeder hatte nur noch im Sinn, sich selbst virtuell in Szene zu setzen und möglichst gechillt daherzukommen. Im Grunde war der Narzissmus, der dahintersteckte, der gleiche, der Menschen zu Verbrechern und Kriegern machte.

Warum zum Teufel machte Margret Yoga? Was hatte ihr gefehlt und, wichtiger noch, wer hatte ihr eingeredet, ihr würde etwas fehlen? Das Einzige, das hier noch Sinn ergab, waren das Bier und die Brotzeit. Beides schmeckte ausgesprochen gut, auch wenn der Umfang der gebrachten Essensportion das heute noch vom Magen Verdaubare wohl übersteigen würde. Er hätte nicht so viele Kaffeestückchen essen sollen, dachte Herr Ohlmann, und richtete seine Aufmerksamkeit auf den Tisch zu seiner Rechten. Dort saß ein äußerst gut gekleideter Mann mittleren Alters. Auch er hatte ein Smartphone in der Hand, aber er starrte nicht darauf, sondern redete hinein, und das leider so laut, dass Herr Ohlmann sich nicht mehr länger auf den Don-McLean-Song konzentrieren konnte. Der Mann sprach ein ordentliches Hochdeutsch, das man in Herrn Ohlmanns Gegend nicht sehr häufig hörte. Offenbar gab er jemandem Anweisungen, etwas in seinem Namen zu erledigen. Der Empfänger dieser Anweisungen musste schwer von Begriff sein, denn der gut gekleidete Mann wiederholte mehrfach denselben Satz. „Wir müssen kaufen", sagte er, „kauf das Ding und leg zur Not noch ein paar Tausender mehr hin!" Dann schwieg er kurz, bevor er, für jeden hörbar, die anscheinend lächerlichen und halbherzigen Gegenargumente des Zauderers am anderen Ende der Leitung abschmetterte: „Nein, wir warten nicht länger. Du kannst doch rechnen. Das ist doch alles nicht schwer. Wir kaufen!" Der gleiche Dialog folgte noch ein paar Mal in abgewandelten Formulierungen. Der Mann gab den Auftrag, der Unsichtbare zauderte und der Mann schmetterte ab.

Herr Ohlmann erinnerte sich an Momente, in denen er Vergleichbares erlebt hatte. Oft war es ihm peinlich gewesen, wenn Menschen in seiner Umgebung in der Öffentlichkeit lauter redeten als sonst. Vermutlich taten sie das, weil sie die Öffentlichkeit brauchten, um sich selbst als wertvoll zu empfinden. Herrn Ohlmann hingegen ging es in der Regel genau andersherum. Er fühlte sich immer dann am überzeugendsten, wenn ihm nur ein oder zwei Menschen zuhörten. Sobald es mehr waren, empfand er sich als lächerlich und seine eigenen Äußerungen entweder als zu selbstverständlich oder zu wenig fundiert, um geäußert zu werden. Herr Ohlmann trank sein Glas aus und legte das Besteck zur Seite. Ob der Mann am Nebentisch tatsächlich telefonierte? Gab es wirklich einen anderen Menschen, der, an irgendeinem anderen Ort dieser Welt stehend, liegend oder sitzend, ein Telefon in der Hand hielt und dem gutgekleideten Mann am Nebentisch die Stichworte zu seiner One-Man-Show lieferte? Herr Ohlmann zweifelte daran. Wahrscheinlich war das Handy des Mannes nicht einmal angeschaltet. Oder es war bloß zur Tarnung angeschaltet, ohne aber zu irgendeinem anderen Gerät eine Verbindung aufgebaut zu haben. Herrn Ohlmann machte das Ganze wütend. Wie konnte jemand so dreist sein, sich in die Öffentlichkeit zu setzen, Scheiße labernd einen auf wichtig zu machen und – schlimmstes Vergehen – seine Mitmenschen dadurch am Genuss eines perfekten Don-McLean-Songs zu hindern? Musste man sich das mit sechzig Jahren noch bieten lassen? Herr Ohlmann fand nicht, dass man das musste. Der Sinn des Lebens konnte nicht darin bestehen, zu allem ja und amen zu sagen, nur damit kleinere Geister ihre Ruhe hatten. Er hatte sie viel zu lange in Ruhe gelassen.

Herr Ohlmann stand auf, richtete seinen Pullover und ging zum Nebentisch. Er folgte keinem Plan, sondern handelte intuitiv. Mit der freundlich-ernsthaften Miene eines seriösen sechzigjährigen Herrn beugte er sich zu dem immer noch lautstark telefonierenden und dabei wild gestikulierenden Mann hinunter. Erst auf mehrfache Handzeichen hin bemerkte dieser ihn und schaute ihn einigermaßen irritiert an.

„Ich wollte Sie darum bitten", begann Herr Ohlmann und ärgerte sich schon über seine anbiedernde Höflichkeit, „ein wenig leiser zu telefonieren. Ich und die anderen Gäste" – Herr Ohlmann zeigte auf die an den anderen Tischen sitzenden Personen, die offenbar noch keine Notiz von den Ereignissen genommen hatten – „interessieren uns nicht sonderlich für Ihre Geschäfte."

Der gutgekleidete Mann hob Beschwichtigung und Einverständnis andeutend die Hand und sprach direkt wieder in sein Smartphone. Wie Herr Ohlmann fand, in der gleichen Lautstärke wie zuvor. Er konnte nicht verhindern, dass ihn dieses Verhalten provozierte. Ihm platzte, was beileibe nicht oft passierte, der Kragen.

„Sie haben mich wohl falsch verstanden", fuhr Herr Ohlmann den gutgekleideten Mann in nun deutlich indiskreterer Tonlage an und griff ihm sogar an den Handyarm. „Sie sollen hier nicht rumtelefonieren und sich wichtigmachen. Es ist doch sowieso niemand dran!" Herr Ohlmann riss dem verblüfften Mann das Smartphone aus der Hand und hielt es sich ans Ohr, als wolle er damit einen unerhört wichtigen Beweis erbringen. „Hallo! Hallo!", rief er in den Apparat hinein und erhielt als Antwort das aufgeregte Gestottere eines mit fremdländischem Akzent redenden Herrn, der zweifellos Rückfragen zu den Angaben des gutgekleideten Mannes stellte.

Herr Ohlmann erschrak und drückte dem immer noch mehr irritiert als verärgert aussehenden Mann sein Smartphone wieder in die Hand. So hatte er das ja alles gar nicht gemeint. Er nahm seinen Mantel und verschwand aus dem Lokal, ohne auch nur den geringsten Gedanken ans Bezahlen zu verschwenden.

Kapitel 8

Vor der Tür war der Nieselregen einem kontinuierlichen Herbstregen gewichen. Es hatte sich gewissermaßen eingeregnet – eine meteorologische Konstellation, für die Herr Ohlmann aus seinen zahlreichen Spaziergängen mit Molly ein beinahe professionelles Verständnis entwickelt hatte. Unwahrscheinlich, dass es an diesem nassen Spätoktoberabend noch einmal aufhören würde zu regnen, und unwahrscheinlich unangenehm, die Szenerie nicht einmal durch den Besitz eines Regenschirms aufheitern zu können. Ein Hut war alles, was Herr Ohlmann zu bieten hatte, doch der Hut lag auf der Hutablage des soeben verlassenen Lokals und sein Interesse, nach den unangenehmen Ereignissen von eben noch einmal dorthin zurückzukehren, hielt sich in überschaubaren Grenzen. Herr Ohlmann ging erst einmal weiter, eine Richtung würde sich finden.

Das Wasser rann ihm in den Mantelkragen, und auch die nicht mehr ganz neuen Schuhe offenbarten undichte Stellen. Zu allem Übel machten sich jetzt auch noch die Hämorrhoiden bemerkbar. Herr Ohlmann hatte seit Jahren Probleme mit ihnen und hätte längst die Behandlung wieder aufnehmen sollen, die er irgendwann, der damit verbundenen Unannehmlichkeiten wegen, unterbrochen hatte. Im Alltag erreichte er Linderung, indem er die nässenden und juckenden Stellen trocken hielt – unsterile Kompressen der Größe 10 x 10 wirkten hier wahre Wunder. In der Apotheke wunderten sie sich sicher auch darüber, dass Herr Ohlmann alle paar Monate nach einem neuen Hunderterpack dieser Kompressen verlangte. Aber sie blieben diskret und fragten nicht nach dem Grund der Anwendung.

Heute hätte Herr Ohlmann etwas darum gegeben, dass ihn ein aufmerksamer Mitmensch auf der Straße angehalten und ihm eine unsterile Mullkompresse in die Hand gedrückte hätte. Seine eigenen hatte er nämlich vergessen, nicht einmal für den Arbeitsmorgen hatte er sich eine in den Gesäßschlitz geschoben, weswegen das Jucken nun deutliche Tendenzen dahingehend aufwies, nicht mehr erträglich zu sein. Allerdings sah Herr Ohlmann wenig Alternativen dazu, die Schmerzen einfach auszuhalten. Sie waren eben da, und Linderung würde er erst wieder zu Hause finden. Zu Hause, wo Margret möglicherweise doch nicht auf ihn wartete und wohin Herr Ohlmann für alle Sitzbäder und Mullkompressen dieser Welt noch nicht zurückkehren mochte.

Mittlerweile schüttete es wie aus Kübeln. Herr Ohlmann versuchte, sich angesichts der misslichen Lage gedanklich abzulenken. Er überlegte, wie viel Trinkgeld er vorhin dem tüchtigen Kellner gegeben hatte, aber es wollte ihm nicht einfallen. Er hatte auch kein Bild des dankenden Mannes mehr im Kopf, lediglich die Szenen des Bestellungsaufnehmens, Servierens, Trunkenboldabführens und Aufräumens waren ihm präsent. Es dauerte ein paar Sekunden, bis Herr Ohlmann realisierte, dass er weder Trinkgeld gegeben noch überhaupt bezahlt hatte. Er blieb stehen und überlegte umzukehren. Er sollte den Kellner direkt ansteuern, ihm die Tischnummer nennen, die er freilich nicht wusste, aber der Kellner würde sie wissen, ihm großzügig Geld in die Hand drücken, vielleicht noch kurz in die Toilette verschwinden und sich das juckende Gesäß abwischen, seinen Hut nehmen und verschwinden. Das wäre der einzig richtige Weg gewesen. Natürlich gäbe es Varianten dazu. Er könnte etwa in das Lokal zurückkehren und sich an seinen vorigen Platz setzen, als sei er gar nicht fort gewesen. Plausibel wäre dies durchaus, er befand sich, obschon durchnässt bis auf die Haut, noch nicht länger an der frischen Luft als ein durchschnittlicher Toilettengang gedauert hätte. Was aber, wenn sein Platz schon wieder besetzt wäre? Und was, wenn ihn der telefonierende Tischnachbar erkennen würde? Natürlich würde der ihn erkennen, und allein das war Grund genug, den Weg zurück in das Lokal vorläufig zu meiden.

Herr Ohlmann musste auf einmal an seinen Vater denken. Sein Vater war ein ruhiger Mann gewesen, ebenfalls Beamter. Seine Arbeitstage hatte er an einem kleinen dörflichen Postschalter verbracht, gegrüßt, gestempelt und sortiert. Der Arbeitsplatz des Vaters hatte auf Herrn Ohlmann immer ein bisschen märchenhaft gewirkt. Die Ruhe, die auf dem Postamt herrschte, glich der Ruhe auf einer entfernten Insel. Ja, es war Lummerland, sein Vater war der Postbote Lummerlands, und Herr Ohlmann liebte die Farbe Gelb, weil er es liebte, wenn Postboten etwas brachten. Sie nahmen den Menschen nichts, sondern gaben ihnen etwas, und dass das Gegebene zum erheblichen Teil aus Rechnungen bestand, vermochte Herr Ohlmann als Junge noch nicht zu durchschauen. Aber auch wenn er es durchschaut hätte, wären die Rechnungen nichts gewesen, was er den neutralen und dienstbeflissenen Briefträgern hätte anlasten können. Der Beruf des Vaters war vollkommen, aber nicht der Grund, weswegen Herr Ohlmann gerade an ihn dachte. Er dachte an seinen Vater, weil der immer denselben Witz erzählt hatte. Und zwar dann, wenn er mit der Familie in ein Gasthaus gegangen war. Nach dem ausführlichen Essen und Trinken, also in dem Moment, in dem man gemeinhin den Kellner zum Bezahlen herbei nickte, sagte er stets laut und vernehmlich: „Wie ist es: Wollen wir bezahlen, oder gehen wir wie immer?" Bei den Kellnern kam dieser originelle Scherz ausnahmslos gut an, und der junge Herr Ohlmann verspürte in diesen Augenblicken einen Stolz auf seinen kecken Vater, wie nur Kinder ihn verspüren können, denen das Leben der Erwachsenen noch als Abenteuer erschien, welches nur die Allerbesten zu meistern verstanden.

Es half alles nichts. Herr Ohlmann würde sich stellen müssen. Hätte er Kinder, wäre eines der ersten Grundprinzipien, die er ihnen vermitteln würde, dass man zu seinen Taten zu stehen hatte. Die größten Übel wurzelten im Vertuschen und Leugnen kleinerer Übel. Katastrophale Ereignisse ließen sich bei genauerer Betrachtung darauf herunterbrechen, dass irgendwo ein schwacher Geist nicht in der Lage gewesen war, eine menschliche Schwäche einzugestehen. Köpfe Tausender Unschuldiger hatten rollen müssen, weil der wahrhaft Schuldige der Welt hat weismachen wollen, er hätte nichts mit der Sache zu tun. Rückgrat war das wichtigste menschliche Organ, und wem Rückgrat fehlte, der konnte kein Mensch sein. Herrn Ohlmann fielen gerade einige Lebewesen ohne Rückgrat ein, die er vor Kurzem noch für Menschen gehalten hatte, aber seine Selbstdisziplin zwang ihn dazu, diesen Gedanken nicht weiterzuspinnen. Schließlich ging es hier um ihn. Er hatte gefrevelt, nicht die anderen. Er allein war es, der die für andere bestimmten Kaffeestückchen selbst gegessen, die Mülltonne entwendet, das Telefonat unterbunden und die Zeche geprellt hatte. Dafür musste er nun geradestehen, niemand sonst. Vielleicht hätte er Margret in den Yogakurs begleiten sollen, dann wäre das alles nicht passiert. Aber sie hatte ihn ja nicht gefragt, verfluchte Hacke, nun sah sie eben, was dabei rauskam, wenn man seinen Mann nicht fragte. Herr Ohlmann trat gegen einen am Boden liegenden Stein, der, vom Bordstein in der Richtung abgelenkt, gegen den Kotflügel eines Sportwagens anschlug.

Etwas hatte bei dem Tritt in Herrn Ohlmanns Knie geknackt, allerdings folgte dem Knacken kein ernsthafter Schmerz. Herr Ohlmann konnte beschwerdefrei auftreten und näherte sich so rasch es ging dem Wagen, um den Schaden zu begutachten, den der kleine Stein womöglich verursacht hatte. Warum hatte der Stein überhaupt da gelegen? War es jetzt schon so weit, dass man in diesem Staat Verantwortung für Steine übernehmen musste, die irgendwo im Weg herumlagen? Der Sportwagen stand an einer maximal von der nächsten Straßenlampe entfernten Stelle. Glücklicherweise trug Herr Ohlmann eine kleine Taschenlampe in der Innentasche seines Mantels, die er mit einiger Mühe hervorkramte. Dabei prasselte ihm das Regenwasser gegen den für kurze Zeit den Elementen ausgelieferten Pullover, und Herr Ohlmann beeilte sich, den zunächst klemmenden Reißverschluss wieder zuzuziehen. Es gelang ihm unter einigem Fluchen. Leider funktionierte die Taschenlampe nur im Blinkmodus, aber die schwachen Lichtblitze genügten durchaus, um zu dem Schluss zu gelangen, dass der Steinkratzer marginal war und ein Entfernen vom Unfallort durchaus vertretbar. In anderen Ländern, Frankreich etwa, fuhren die Leute ja auch mit zerbeulten Karossen durch die Gegend und vermissten dabei nichts.

Herr Ohlmann wollte sich gerade abwenden, da registrierte er eine Bewegung in dem Sportwagen. Es war nur eine leichte Bewegung, möglicherweise auch bloß eine Sinnestäuschung, aber sie weckte doch Herrn Ohlmanns Interesse, der sich nun ganz dicht an die von Regenwasser überfluteten Fensterscheiben beugte. Erst als er sein Gesicht fest dagegen presste, gelang es ihm, den Umriss einer Frau auszumachen. Diese Frau, soviel erkannte Herr Ohlmann, hockte verkehrt herum auf dem Beifahrersitz und bearbeitete in heftigen Bewegungen etwas, das sich unter ihr befand. Sie schien äußerst vertieft in ihr Treiben zu sein, denn sie würdigte, obschon nur wenige Zentimeter von ihm entfernt, Herrn Ohlmann mit keinem Blick. Die Vermutung lag nah, dass es sich bei der langhaarigen Dame um die Besitzerin des Sportwagens handelte. Warum sonst sollte sie sich darin aufhalten? Wahrscheinlich wartete sie das Ende dieses schrecklichen Regens ab, der Herrn Ohlmann mittlerweile beinahe egal geworden war. So nass es sich hier draußen anfühlte, so trocken musste es drinnen sein, auch wenn die Scheiben des Sportwagens von dort anzulaufen schienen. Erst jetzt bemerkte Herr Ohlmann den Mann. Er kauerte unter der sich heftig bewegenden Frau, und es bestand kein Zweifel mehr daran, dass es sich um einen Akt der gegenseitigen Belustigung handeln musste.

Herr Ohlmann besaß zwar nur wenige Talente, aber ein Gespür für Situationen hatte er schon. Es ging nicht an, einerseits hochtrabende Philosophien über rückgratlose Menschen anzustellen, andererseits aber bei der nächstbesten Gelegenheit einem wertlosen Wurm gleich den nicht vorhandenen Schwanz einzuziehen. Die Situation war eindeutig, mehr als das: mutwillig hatte er einen – wenn auch kleinen – Kratzer in dieses hochwertige Fahrzeug getreten, und direkt vor seiner Nase befand sich ein Mensch, dem dieser Kratzer zumindest theoretisch etwas bedeuten könnte. Freilich ließ es sich ebenso denken, dass der Besitzer, ganz gleich, ob das Fahrzeug nun der Frau oder dem Mann gehören mochte, großzügig über den lächerlichen Kratzer hinwegsehen würde. Bestimmt würde er oder sie das tun, der Kratzer war ja auch wirklich kaum wahrzunehmen, und doch gebot es der Anstand, wenigstens auf den Mangel hinzuweisen. Zumindest jetzt, da die Besitzer in Greifweite waren und die Flucht einem noch um die Ohren gehauen werden könnte. Es ging nicht nur um einen Kratzer, es ging um ein Prinzip, ohne dessen Beachtung die Funktionsfähigkeit einer der letzten stabilen Demokratien der Welt gefährdet würde. Herr Ohlmann wollte nicht in Aufruhr leben, er wollte seine Ruhe, also ballte er die Hand zu einer Faust und klopfte, zaghaft aber doch von der Unvermeidbarkeit seines Tuns überzeugt, an.

Er klopfte zwei oder dreimal, aber die Menschen im Inneren des Wagens reagierten nicht darauf. Fasziniert beobachtete Herr Ohlmann, wie die Frau sich heftiger und heftiger bewegte. Ihr Kopf ragte nun schon über die Nackenstütze des flach gelegten Beifahrersitzes hinweg, und ihre Schuhe, deren Absätze noch länger sein mussten als die seiner verwegensten Arbeitskolleginnen, kratzten dicht am Handschuhfach vorbei. Offenbar hatten die beiden derzeit keine Verwendung für Herrn Ohlmanns Informationen, und vielleicht war es in der Tat gerechtfertigt, nun den Rückzug anzutreten, ohne den Schaden zu vermelden. Er hatte seinen guten Willen gezeigt und brauchte sich nichts vorzuwerfen, dachte Herr Ohlmann und wandte sich nun endgültig von dem Wagen ab. Da ratschte hinter ihm eine Tür auf und eine aggressive Männerstimme brüllte: „Alter Spanner! Hau bloß ab, du Arsch!"

Herr Ohlmann wusste nicht, ob er sich noch einmal umdrehen oder besser direkt flüchten sollte, aber der Sportwagen kam ihm zuvor, sprang an und brauste in die Nacht davon.

Obschon man es nicht mehr für möglich gehalten hätte, verstärkte sich der Regen abermals. Dicke Tropfen prasselten erbarmungslos auf Herrn Ohlmann herab. Wenn sie ihn verfehlten, prallten sie vom Erdboden zurück in sein Hosenbein. Oder sie sammelten sich am Boden zu bald knöcheltiefen Pfützen, denen auszuweichen keinerlei Sinn mehr ergab. Es fiel Herrn Ohlmann schwer, in der peitschenden Nässe die Augen aufzuhalten, und das immerwährende Plätschern animierte die beiden Biere, die sich in ihm befanden, den legalsten und offiziellsten Körperausgang durch den Harnleiter anzupeilen. Immerhin hatten sich die Hämorrhoiden etwas beruhigt, obwohl sie jetzt, da Herr Ohlmann wieder an sie dachte, ein leichtes Jucken vernehmen ließen. Es hatte in seinem Leben schon angenehmere Momente gegeben als diesen, aber, und die Fähigkeit zu diesem entscheidenden Gedanken erfüllte Herrn Ohlmann mit einigem Stolz, nicht der Sieger beherrschte den Augenblick, sondern derjenige, der sich in der Niederlage seine Würde bewahrte. Niemand, dem die Fähigkeit zu Leid und Verzicht abging, hätte es vierzig Jahre in einer Behörde ausgehalten. Nicht ohne den Verstand zu verlieren.

„Mittelpunkt – die Gesundheitsstube für ganzheitlich Orientierte" stand an der Tür des Hauses, unter dessen Vordach sich Herr Ohlmann nun doch endlich rettete. Eine Gesundheitsstube war genau das, was er jetzt gebrauchen konnte, insbesondere dann, wenn sie eine unauffällig zugängliche Toilette besaß. Vorsichtig drückte Herr Ohlmann die Klinke herunter und stellte zu seiner Überraschung fest, dass die Glastür nicht abgeschlossen war. Er stand in einem schwach beleuchteten Flur, von dem aus mehrere orange gestrichene Seitentüren abzweigten. Für die schwache Beleuchtung sorgten Teelichter, die auf kleinen Tischen oder Simsen standen. Der Flur war menschenleer. Lediglich der Geruch von ätherischen Ölen und leise Meditationsmusik erfüllten ihn. Zu Herrn Ohlmanns grenzenloser Freude gehörte bereits die zweite Seitentür zu einer Toilette – einer Damentoilette zwar, doch für Herrn Ohlmann, der keine Zeit mehr mit der Suche nach der Herrentoilette verschwenden wollte, ein idealer Ort, um Platz zu nehmen. Auch die großzügige Toilettenkabine war mit mehreren Teelichtern beleuchtet. Die Helligkeit genügte dem ausgiebig Wasser lassenden Herrn Ohlmann, um einen Flyer zu lesen, der in einem Bastkörbchen auf dem Wasserkasten der Toilette auslag. Es handelte sich um Werbung für einen Yogakurs. Herr Ohlmann legte den Flyer wieder zurück und zog sich die Hose hoch.

Bevor er die Toilettenkabine verlassen konnte, hörte Herr Ohlmann, wie sich die Tür des Vorraums öffnete. Obwohl er dieses Szenario in seine Überlegungen einbezogen hatte, erschrak er sehr. Er hoffte, die Dame, die den Raum betreten hatte, würde sich nur kurz am Waschbecken frisch machen und direkt danach wieder verschwinden. Leider tat sie dies nicht, sondern betätigte die Klinke zu Herrn Ohlmanns Toilettenkabine, als ob sie dem roten Symbol allein, das die verschlossene Tür in aller Eindeutigkeit anzeigte, nicht traute. Herr Ohlmann bedauerte das Fehlen einer zweiten Kabine zutiefst, aber er konnte die Architektur dieses eigentlich weitläufigen Raumes nicht ändern. Was half? Die Flucht nach vorn? Gewiss würden moderne gesundheitsbewusste Frauen dem Anblick eines Mannes auf der Damentoilette gewachsen sein. Aber er selbst, Herr Ohlmann, spürte überdeutlich, dass er dieser Mann auf der Damentoilette nicht sein wollte. Es war eine Niederlage, sich bei einer lächerlich triebgesteuerten Handlung erwischen zu lassen. Lieber noch beim Entwenden einer Mülltonne, aber er auf der Damentoilette – das ging gar nicht.

Bevor er sich zu einer Entscheidung durchringen konnte, sprach die Stimme der hereingetretenen Dame ihn an. „Entschuldigen Sie, ich möchte nicht hetzen, aber wie lange dauert es wohl noch?" Herrn Ohlmanns Herz pochte bis zum Hals, aber er antwortete nicht. Es war immerhin denkbar, dass eine Toilettenkabine verschlossen war, ohne dass sich jemand in ihr befand. Denkbar, aber unwahrscheinlich. Krampfhaft befahl er seinem Herzen, leiser zu pochen, da redete die Stimme weiter: „Es ist wirklich sehr dringend, der Tee ..."

Etwas in der Stimme erweckte Herrn Ohlmanns Mitleid, und ohne es zu wollen, brach er sein Schweigen: „Ich würde gern herauskommen, aber ich wage es nicht." Nun war es die Stimme der Dame, die schwieg, und Herrn Ohlmann drängte es, seine

Worte zu erklären: „Ich bin ein ziemlich nass gewordener alkoholisierter Mann und musste eben dringend auf die Toilette."

„Aber nun sind Sie fertig und könnten einer nicht alkoholisierten Frau den Platz freimachen."

„Ja, das könnte ich", antwortete Herr Ohlmann und ärgerte sich über seine Offenheit, „aber ich möchte nicht gesehen werden. Männer gehören nicht auf Damentoiletten. Ich schäme mich vor Ihnen."

„Da haben Sie allerdings recht", sagte die Dame und klang auf einmal gar nicht mehr sympathisch.

Herr Ohlmann schwieg wieder und hoffte mit kindlicher Naivität, das soeben Gesagte könne in Vergessenheit geraten. Vielleicht würde die Erinnerung daran verblassen, wenn er nur lange genug in der Kabine blieb. Er hatte ja Zeit. Sein Blick fiel auf das Körbchen mit den Werbezetteln für Yogakurse. Nein, hier wollte er auch nicht bleiben. Er nahm seinen Mantel, wickelte ihn sich um den Kopf und stürzte, voll auf den Überraschungseffekt setzend, aus der Toilettenkabine hinaus. Von der Dame, die er versehentlich heftig anrempelte, sah er nur die Füße, und sie warf ihm einen Fluch hinterher, den er mit den Worten „Such deine innere Mitte und urinier'" konterte. Auch vor der Haustür ließ er den Mantel noch für ein paar Meter über seinem Kopf, denn sicher war sicher. Dann zog er ihn wieder an und lenkte seine Schritte zu dem einzigen Ort, an dem man in einer säkularisierten Gesellschaft noch frei heraus seine Sünden bekennen konnte: Herr Ohlmann ging zum Polizeirevier.

Kapitel 9

Sechzig Runden hatte Herr Ohlmann mit dem Planeten Erde um die Sonne gedreht und während dieser ganzen langen Reise nie ein Polizeirevier von innen gesehen. Dieser Sachverhalt mochte auch auf andere Menschen zutreffen, dennoch empfand ihn Herr Ohlmann jetzt als seltsam, befand sich die Polizeidienststelle doch auf seinem täglichen Arbeitsweg und war ihm von außen betrachtet nicht minder vertraut als die Häuser in der Straße, in der er wohnte. Das eigentlich Verwunderliche jedoch bestand für Herrn Ohlmann darin, dass die Atmosphäre im Polizeirevier eine frappierende Ähnlichkeit zu derjenigen in seiner eigenen Behörde aufwies. Es herrschten die gleiche nüchterne Betriebsamkeit und die gleiche karge Schlichtheit vor, und die Mitarbeiter erweckten den gleichen Eindruck satter Selbstzufriedenheit, mit dem Unterschied vielleicht, dass die meisten hier eine Waffe trugen.

Herr Ohlmann wurde, nachdem er sein Begehren, Anzeige erstatten zu wollen, in knappen Worten geäußert hatte, in einen kleinen Büroraum geführt und aufgefordert, dort zu warten. Nach etwa fünf Minuten betrat ein junger Polizeibeamter – Herr Ohlmann schätzte ihn auf höchstens Ende zwanzig – das Zimmer und nahm am Schreibtisch Platz. Während der junge Polizeibeamte wortlos etwas in die Tastatur seines Computers tippte, überlegte Herr Ohlmann noch einmal ganz genau, welche Informationen wohl von Relevanz für sein Gegenüber wären. Dass er Kaffeestückchen für die Kollegen gekauft, dann aber größtenteils selbst gegessen hatte, dürfte wohl auch die Polizei als Privatangelegenheit einstufen, in der man bestenfalls ein moralisches Fehlverhalten, nicht aber ein juristisch zu ahndendes

Vergehen sehen konnte. Anders verhielt es sich da schon bei der Entwendung einer Mülltonne und bei Zechprellerei. Ganz zu schweigen von dem öffentlichen Ärgernis, das ein alter Spanner auf der Damentoilette erregen konnte. Angesichts der Vielfalt seiner heute gezeigten kriminellen Aktivitäten konnte Herr Ohlmann eine gewisse Spannung auf Art und Höhe der staatlich verhängten Sanktionen nicht verhehlen.

Der junge Polizeibeamte hatte immer noch nicht aufgehört, auf seine Tastatur einzuhämmern. Seinem angespannten Gesichtsausdruck ließ sich entnehmen, dass offenbar etwas nicht funktioniert hatte, was er nun noch einmal wiederholen oder auf andere Weise versuchen musste. Auffällig an dem jungen Mann war sein großer Adamsapfel und die Brille, die, soweit Herr Ohlmann das aus der Sicht eines der Jugend nicht mehr allzu nah stehenden Herren beurteilen konnte, einen eher kindischen als modernen Eindruck erweckte. Trotz dieser optischen Defizite wusste Herr Ohlmann, dass der junge Mann mit seiner Entscheidung, in den öffentlichen Dienst einzutreten, vom Grundsatz her vollkommen richtig gelegen hatte, auch wenn es dort gewiss einfachere Einsatzbereiche als den der Polizei gegeben hätte.

„Sie wollen also Anzeige erstatten", begann der junge Polizeibeamte plötzlich mit seltsam quäkender Stimme zu sprechen. „Gegen wen richtet sich denn Ihre Anzeige?"

Ob es ausschließlich an der quäkenden Stimme lag, dass Herr Ohlmann auf einmal keine Lust mehr verspürte, sich eines Vergehens zu bezichtigen, oder ob einfach nur die Wirkung des Bieres wieder nachgelassen hatte, wusste er selbst nicht genau. Jedenfalls sagte Herr Ohlmann einen Satz, den er, bevor er ihn aussprach, nicht einmal gedacht hatte. Er sagte, und der Ton in seiner Stimme hatte etwas Resigniertes: „Ich muss meine Frau als vermisst melden."

Wie immer, wenn individuelle Extremsituationen auf professionelle Akteure trafen, überraschte den Betroffenen auch hier die routinierte Reaktion des Gegenübers. Anscheinend kamen Vermisstenmeldungen nicht gerade selten vor, sonst hätte der junge Mann gewiss mehr Einfühlungsvermögen gezeigt. Andererseits, dachte Herr Ohlmann, hatten Polizisten von Berufs wegen mit Verbrechen zu tun und wären fehl am Platz, wenn sie allein aufgrund der Tatsache, dass ein Mann seine Frau vermisste, in Panik gerieten. Trotz dieses Wissens ärgerte sich Herr Ohlmann über die so gar nicht anteilnehmende Quäkstimme, mit der der junge Mann nun fragte: „Wann haben Sie ihre Frau zuletzt gesehen?"

„Am Morgen, als ich zu meiner Arbeit gefahren bin."

„Waren Sie nach der Arbeit schon wieder daheim?" Anscheinend meinte der junge Polizeibeamte, Herr Ohlmann solle nur mal nach Hause gehen, dort werde er seine Frau schon finden.

„Natürlich war ich nach Dienstschluss daheim. Wir haben doch schon nach acht."

„Aha, wo arbeiten Sie denn?" Jetzt wollte er ihm also auch noch Faulheit unterstellen.

Herr Ohlmann überlegte, dem jungen Quäkmann, der in seiner Gunst rapide zu sinken drohte, an den Kopf zu knallen, mehr Berufserfahrung als er selbst Lebensjahre zu besitzen, entschied sich dann aber dafür, die Frage trotz ihrer Unangemessenheit korrekt mit: „Im öffentlichen Dienst", zu beantworten. Damit war der Quäkfrosch zufrieden.

„Hat Ihre Frau", hob der Frosch nun an und sah Herrn Ohlmann erstmals in die Augen, „eine Art Abschiedsbrief hinterlassen?"

Das war eine gute Frage. Sie war nicht nur gut, sondern auch schwer zu beantworten. Herr Ohlmann musste nachdenken. Dann entschied er sich für die der Wahrheit am nächsten kommende Antwort: „Ja."

Es überraschte ihn, dass der Frosch, also der junge Polizeibeamte, nun doch einen ansatzweise mitfühlenden Gesichtsausdruck präsentierte. Anscheinend war ihm jetzt erst der Ernst der Lage bewusst geworden. „Was genau stand in dem Abschiedsbrief?"

Herr Ohlmann schluckte. „Ich weiß es nicht mehr genau."

„Wissen Sie es noch sinngemäß?"

Herr Ohlmann schwieg einen Moment und bemerkte, dass sich Tränen in seinen Augen angesammelt hatten. „Sinngemäß stand darin, dass Margret ..." Er hatte Mühe, weiterzureden. „Ihre Frau heißt Margret?"

„Also, dass sie zum Yoga gegangen wäre und dass es später werden könne."

„War dies im Vergleich zu ihren sonstigen Gewohnheiten ungewöhnlich?"

„Ja, ziemlich."

Der junge Polizeibeamte tippte nun eine längere Zeit auf seiner Tastatur herum. Anscheinend besaß er trotz seiner Jugend die Fähigkeit, sich mehrere Antworten auf einmal merken zu können. Schließlich blickte er Herrn Ohlmann wieder durch seine kindische Brille an: „Zu welchen Uhrzeiten und wo macht Ihre Frau für gewöhnlich Yoga?"

„Das weiß ich nicht."

„Hat sie nie darüber geredet?"

„Nein, und ich glaube ehrlich gesagt auch nicht, dass sie überhaupt irgendetwas mit Yoga am Hut hat."

Der junge Polizeibeamte runzelte die Stirn. „Was denken Sie, warum Ihre Frau behaupten könnte, beim Yoga zu sein, obwohl sie genau weiß, dass sie Ihr das nicht abnehmen würden?"

„Ich nehme an, sie wollte mich provozieren."

„Halten Sie es für wahrscheinlich, dass Ihre Frau Sie provozieren würde, bevor sie sich das Leben nimmt?"

Diese letzte Frage empfand nun Herr Ohlmann als äußerst provokant. Er überlegte, ob der junge Polizeibeamte vor seiner Berufswahl eventuell zu viele schlechte Krimiserien geschaut hatte und deswegen seine Befugnisse falsch einschätzte, zwang sich aber erneut zur sachlich korrekten Antwort: „Nein, ich denke nicht."

„Trug sich Ihre Frau mit Suizidgedanken oder war sie wegen Depressionen in Behandlung?"

„Nein, darüber ist mir nichts bekannt."

„Wann hatten Sie zuletzt Kontakt zu Ihrer Frau?"

„Ich hatte sie gegen Mittag von der Arbeit aus angerufen."

„Klang sie irgendwie anders als sonst?"

„Nein."

„Gibt es jemanden in Ihrem Bekanntenkreis, zu dem Ihre Frau gegangen sein könnte?"

„Das kann ich mir nicht vorstellen."

„Wollte Ihre Frau vor Ihnen etwas verheimlichen?"

„Wenn, dann hat sie es ziemlich erfolgreich getan."

„Glauben Sie das?"

„Nein."

„Zeigte Ihre Frau in letzter Zeit irgendein ungewöhnliches Verhalten?"

„Nein, das heißt …", Herr Ohlmann hielt inne, „sie sagte mir gestern, dass sie ihren Hund weggeben wolle."

„Wurde hierüber vorher schon einmal gesprochen?"

„Nein."

Erneut hämmerte der junge Polizeibeamte ausführlich auf seiner Tastatur herum. Sein großer Adamsapfel wippte dabei auf und ab, vermutlich, weil reichlich angesammelter Speichel runtergeschluckt werden musste. Hätte er nicht diese furchtbar alberne Kinderbrille auf, hätte Herr Ohlmann ihm sicher noch mehr Respekt entgegenbringen können, denn so schlecht verstand der junge Mann sein Handwerk auch wieder nicht. Eigentlich hatte er sogar genau die Fragen gestellt, die Herr Ohlmann sich selbst gestellt hätte. Es half ja nichts, einen Suchtrupp loszuschicken, wenn man sich noch kein genaues Bild gemacht hatte.

Der junge Polizeibeamte hörte wieder auf zu tippen. „Beschreiben Sie Ihre Frau!"

„Wie bitte?"

„Beschreiben Sie bitte Ihre Frau!" Die Kinderbrille saß mittlerweile nicht mehr auf der Nase des jungen Mannes, der sie nun an einem Bügel zwischen Daumen und Zeigefinger hielt und nachdenklich die Lippen darüber legte. Herr Ohlmann seufzte. Warum eigentlich nicht …

„Also Margret", begann er und seufzte abermals, „ist nicht besonders attraktiv. Was ich nicht damit sagen will, ist, dass Margret hiermit im Gegensatz zu mir stünde. Ich selbst bin auch alles andere als attraktiv, mein Haar wird licht und mein Bauch wächst stetig, aber ich würde lügen, wenn ich Margrets Problemzonen verschwiege. Ihre Hüften zum Beispiel. Margret isst gerne süß und sahnig, und das lagert sich eben am liebsten an den Hüften ab. Zum Glück gleicht Margret vieles dadurch aus, dass sie raucht. Wenn sie raucht, kann sie nicht essen, zumindest nicht gleichzeitig. Man kann nicht sagen, dass Margret gesellig wäre. Eigentlich ist sie eher ungesellig. So wie ich. Ich bin auch eher ungesellig, obwohl ich mich öfter freiwillig in Gesellschaften begebe. Beispielsweise bin ich aktiver Kegler. Meine Frau nicht. Margret ist am liebsten zu Hause. Natürlich sitzt sie dort nicht nur herum. Als faul würde ich sie keineswegs bezeichnen. Margret macht den Haushalt, und wenn ich sage, sie macht den Haushalt, dann bedeutet das vollen Körpereinsatz. Also nicht bloß so tun als ob. Wenn Margret von einer Sache überzeugt ist, dann steht sie auch dazu. Allerdings, und das kann ich jetzt wieder nicht verschweigen, gönnt sich Margret auch ihre Pausen. Also dergestalt, dass sie zum Beispiel das Bad putzt und hinterher ein Stück Kuchen isst. Damit habe ich auch überhaupt kein Problem. Obwohl man natürlich ehrlicherweise einräumen muss, dass Margret, wenn sie nur das Bad putzen und keinen Kuchen essen würde, weniger Probleme mit den Hüften hätte. Das ist aber nicht schlimm, das sage ich ganz ausdrücklich. Schlimm finde ich überhaupt nichts an Margret. Höchstens, wenn sie mich kritisiert. Das passiert leider ziemlich häufig. Ich sage immer, so sind eben die Frauen. Sie kritisieren dich von morgens bis abends. Wenn du da bist, wollen sie, dass du woanders bist, und wenn du dann ihnen zuliebe woanders hingehst, ist es ihnen auch wieder nicht recht. Ich glaube aber nicht, dass das jetzt ein typisches Margretphänomen ist. Ich kenne keinen Mann, der nicht ein ähnliches Problem mit seiner Frau hätte. Frauen sind einfach chronisch unzufrieden. Ich sage immer, wenn ich so aussehen würde wie einer von diesen Katalog- oder Filmtypen, dann fände Margret auch da noch ein Haar in der

Suppe. Also kann ich auch gleich so aussehen, wie ich es in Wirklichkeit tue. Margret jedenfalls steht ziemlich auf George Clooney. Noch besser findet sie aber diesen Typen aus Dresden, der in sämtlichen Filmen die Hauptrolle spielt und in jeder Gameshow die Rekorde bricht. Beispielsweise im Seilspringen. Oder in allen möglichen anderen Disziplinen. Wann immer ich mir zusammen mit Margret solche Shows ansehe, spüre ich ganz deutlich ihren Vorwurf, dass ich nicht dieser Siegertyp aus dem Fernsehen bin. Dabei war sie es doch, die mich daran gehindert hat, so ein Siegertyp zu werden. Meine Talente hatte ich durchaus – auch wenn es zu weit führen würde, die jetzt einzeln aufzulisten. Und wäre ich der Siegertyp aus dem Fernsehen und immer unterwegs und umschwärmt, dann möchte ich Margret mal hören. Aber so ist das eben. Der ewige Teufelskreis. Margret hat andere Qualitäten. Sie weiß zum Beispiel, wo unsere Strom-, Gas- und Wasserzähler sind. Das weiß ich natürlich auch, aber für eine Frau wie Margret finde ich das absolut beachtlich. Sie kocht auch gut. Nicht immer, aber meistens. Letztens gab es bei uns …" …

Der junge Polizeibeamte räusperte sich. „Entschuldigen Sie mich bitte für einen Moment."

Herr Ohlmann hatte, während er zusah, wie der junge Mann abrupt aus dem Raum stürzte, das Gefühl, etwas Falsches gesagt zu haben. Dabei konnte es tausend andere Gründe geben, Magen-Darm-Probleme etwa oder eine unaufschiebbare fachliche Frage an den Vorgesetzten. Trotzdem brachte die plötzliche Veränderung der Situation Herrn Ohlmann zum Grübeln. Vielleicht hätte er doch nicht hierherkommen sollen. Gewiss war seine Intention die richtige gewesen. Er hatte Fehler begangen, große Fehler sogar, und für diese geradestehen wollen. Dennoch stiegen nun, da er sich allein im Raum zurückgelassen fand, Zweifel in ihm auf, ob das Polizeirevier tatsächlich der richtige Ort für ihn war. Hatte der junge Polizeibeamte, so talentiert er für seinen Beruf auch sein mochte, ihm auch nur einen einzigen Hinweis geben können, warum Margret nun Yoga machte? Und hatte er ihm auch nur eine Sekunde sein Ohr geschenkt, um herauszufinden, weshalb er tatsächlich gekommen war? Nüchtern musste man doch konstatieren, dass im Polizeirevier Lügen für bare Münze genommen wurden. Oder alles lief viel hintergründiger ab. Vielleicht war auch Herr Ohlmann derjenige, der hier einiges nicht durchschaute. Möglicherweise hatte der junge Polizeibeamte direkt bemerkt, dass etwas nicht stimmte. Wahrscheinlich schon in den langen Sekunden, in denen sie vor Beginn des Gespräches wortlos zusammen im Raum gesessen hatten. In den Krimis, die Herr Ohlmann in früheren Jahren noch gern gesehen hatte, zeichneten sich die Ermittler stets durch diese subtile Form der unausgesprochenen Überlegenheit aus, die sie aus absoluten Nebensächlichkeiten die richtigen Schlüsse ziehen ließ. Womöglich war es hier nicht anders. Womöglich würde gleich ein Trupp Polizisten in den Raum marschieren, und der junge Beamte als ihr Anführer würde die Worte sagen: „Hans Heinrich Ohlmann, ich verhafte Sie wegen des dringenden Tatverdachts, Ihre Ehefrau Margret ermordet zu haben." In der Art würde es ablaufen, auch wenn Herr Ohlmann seinen eigenen Namen noch gar nicht preisgeben musste. Aber gewiss hatten sie den auch schon längst herausgefunden.

Eine unbegründete Angst begann sich in Herrn Ohlmann auszubreiten. Nie hatte er ernsthaft darüber nachgedacht, einmal im Gefängnis landen zu können. Der Verlust der Freiheit, so unfrei man im freien Leben auch sein mochte, schien ihm dramatischer als die Gewissheit des irgendwann endenden Lebens. Im Tod waren alle gleichermaßen unfrei. Den letzten Atemzug zu atmen und dann keinen mehr zustande zu bringen, mochte schrecklich sein. Doch schrecklicher noch als dies war die Vorstellung, in einer Zelle eingesperrt zu sein, während draußen ein Krieg ausbrach, ein Feuer tobte oder ein Erdbeben wütete. Herr Ohlmann wollte in dem Moment, in dem er sterben würde, nirgendwo eingesperrt sein. Er wollte in Freiheit sterben, wenn es schon unbedingt sein musste, und diese Freiheit würde er sich zur Not auch durch Flucht erkämpfen. Niemandem würde es etwas bringen, ihm, dem Mörder Margrets, die Freiheit zu entziehen. Niemand würde davon wieder lebendig werden, und nirgendwo würde Herr Ohlmann seine Tat mehr bereuen als in den eigenen vier Wänden, die er fortan allein sauber zu halten hatte.

Wäre es nicht heldenhaft, wegen Mordes verurteilt zu werden, ohne einen Mord begangen zu haben? War das nicht die eigentliche Märtyrertat? Die Schuld eines anderen auf sich zu laden? Herr Ohlmann wusste nicht recht. Ein Märtyrer hatte er nie werden wollen. Märtyrer luden die Menschen zur Nachahmung ein, verführten sie zu Fehlinterpretationen und leiteten sie in Richtungen, die ihnen nicht gut taten. Dabei ging es doch darum, im Kleinen das Richtige zu tun. So wie Herr Ohlmann es jahrzehntelang gemacht hatte. Und nun hatte er eben falsch gehandelt, die Zeche geprellt, nur deswegen war er hierhergekommen. Herr Ohlmann überlegte, ob er den jungen Polizeibeamten nach dessen Rückkehr darauf hinweisen sollte, dass sein Anliegen eigentlich ein anderes gewesen sei. Gewiss könnte die Situation ein wenig peinlich für ihn werden. Er würde unglaubwürdig wirken, wenn er die Vermisstenanzeige zurückzöge, obwohl er doch tatsächlich keine Ahnung hatte, wo Margret steckte. Wie er es auch drehte und wendete – im Polizeirevier würden sie ihm nicht weiterhelfen können.

Herrn Ohlmann überkam der Gedanke, dass die Abwesenheit des jungen Polizeibeamten die große Chance für ihn bot, sich unbemerkt davonzustehlen. Das tat er dann auch. Vorher jedoch legte Herr Ohlmann etwas Geld auf den verwaisten Schreibtisch. Besser er bezahlte hier als überhaupt nicht.

Kapitel 10

Vor dem Polizeirevier kam Herrn Ohlmann eine Gruppe Männer entgegen. Es handelte sich dabei um zwei uniformierte Beamte, die einen laut krakeelenden, vermutlich stark alkoholisierten Herrn in die Wache hineinführten. Als er sie passierte, trafen sich die Blicke des Krakeelers und Herrn Ohlmanns, und der Krakeeler brüllte: „Das ist doch der Spanner! Der Spanner ist das! Der Spanner hat mir ins Auto geglotzt!"

Auch aus dem Inneren des Gebäudes hörte Herr Ohlmann noch ein paar Mal das wüste Wort „Spanner" aus dem Mund des rasch weitergeführten Mannes. Er tat daher so, als ginge ihn alles nichts an, um den wenigen Passanten nicht das Gefühl zu vermitteln, an dem Vorwurf, ein Spanner zu sein, wäre irgendetwas dran. Das war es ja auch nicht, denn selbst wenn sein Blick vorhin in ein Auto hineingefallen sein sollte, dann nicht, um gewisse Handlungen zu beobachten, sondern aus rein moralischen Gründen.

Zum Glück war es nicht weit bis zum nächsten Taxistand, und Herr Ohlmann beeilte sich, in einem Wagen Platz zu nehmen und den Ort des Geschehens zügig zu verlassen. Er hatte sich nun doch überlegt, nach Hause zu fahren. Margret würde sich Sorgen machen, wo er so lange blieb, und das war ihm sein spätpubertärer Protest gegen ihre Yoga-Episode nicht wert. Außerdem sehnte er sich nach einem Ort, an dem er Anerkennung fand. Anerkennung als Nachbar, als Bürger und, ja, auch als Ehemann.

Der Taxifahrer war ein netter älterer Herr, der früher einmal in einem Elektroladen gearbeitet hatte. Herr Ohlmann kannte ihn flüchtig, wusste aber nicht viel über ihn, außer, dass er wohl alleinstehend sein musste und nicht weit von ihm entfernt wohnte. Seinen Namen kannte er nicht, weswegen ihn umso mehr überraschte, dass der Fahrer ihn mit „Guten Abend, Herr Ohlmann" anredete.

„Guten Abend", gab Herr Ohlmann zurück und nannte seine Adresse. Bald wurde ihm bewusst, dass der Fahrer an einem unverbindlichen Gespräch interessiert war. Ein Grund, aus dem Herr Ohlmann übrigens äußerst ungern zu Friseuren ging, denn er konnte es nicht leiden, wegen verbaler Nichtigkeiten aus seinen Gedanken gerissen zu werden. Hier aber schien der Taxifahrer aus eigenem Antrieb zu kommunizieren und nicht, weil irgendein Firmenchef es eines schwachsinnigen Leitbildes wegen von ihm verlangte. Also wehrte Herr Ohlmann sich nicht.

Ja, das Wetter sei verbesserungswürdig, pflichtete Herr Ohlmann bei und bestätigte ebenso, dass es bis zum ersten Schnee wohl nicht mehr allzu lange dauern werde. Danach war erst einmal Ruhe, bis der Fahrer ins Erzählen geriet. Als junger Mann sei er schon Taxi gefahren. Dann, nachdem sein Vater das familieneigene Taxiunternehmen aufgegeben habe, nicht mehr, bis er im Ruhestand wieder damit begonnen habe. Wie Schwimmen sei das, man verlerne es nicht. Auch wenn der Verkehr sich natürlich verändert habe und die Leute nicht mehr die Geduld von früher aufbrächten. „Wissen Sie, Herr Ohlmann", richtete er das Wort wieder direkt an ihn, „wenn sie alle so wären wie meine Frau Maria, dann gäbe es kein Elend mehr auf der Welt. Sie sind doch auch verheiratet, nicht wahr?"

„Ja", bekannte Herr Ohlmann kleinlaut.

„Na, dann wissen Sie ja, was ich meine. Jeder vernünftige Mann braucht eine gute Frau an seiner Seite, die ihn stützt und stärkt, aber auch einmal in die Schranken weist, wenn er sich auf dem Holzweg befindet. Und umgekehrt ist es natürlich ebenso wichtig, das will ich gar nicht verhehlen. Meine Frau und ich, wir hatten uns einfach vortrefflich ergänzt. Auch wenn Maria von uns beiden wohl der bessere Mensch war. Sie hatte einfach ein großes Herz, verstehen Sie? Und mir bleibt nichts, als ihr jeden Sonntag frische Rosen auf das Grab zu stellen."

„Hier ist es", sagte Herr Ohlmann, stieg aus und hätte beinahe schon wieder vergessen zu bezahlen. Mit letzter Kraft erinnerte er sich daran, gab Trinkgeld, wünschte einen schönen Abend, sperrte seine Haustür auf und liebkoste die wartende Molly, als habe er sie ein halbes Leben lang nicht gesehen.

„Hallo Margret", rief er mit möglichst zuversichtlicher Stimme in das dunkle Haus hinein, erhielt aber keine Antwort. Schnell schaltete er das Flurlicht an, schloss die noch offene Haustür hinter sich, entledigte sich seiner Jacke und Schuhe und begab sich auf die Suche. In keinem Zimmer eine Spur von Margret. Nicht einmal im Bett lag sie, wohin sie sich sonst immer gern zurückzog, wenn sie Anlass zum Schmollen sah. Herr Ohlmann setzte sich auf die von Margret ordentlich zurechtgelegte Tagesdecke und grübelte. Es war einundzwanzig Uhr. Gegen sechzehn Uhr war er von der Arbeit nach Hause gekommen. In den vergangenen zweieinhalb Stunden war er nicht hier gewesen, also könnte es sein, dass Margret nach ihm suchte. Allerdings sah es ihr überhaupt nicht ähnlich, keine Nachricht zu hinterlegen. Margret agierte niemals unstrukturiert und sorgte stets für maximale Transparenz.

Eine böse Ahnung durchfuhr Herrn Ohlmann. Er sprang auf und öffnete den Kleiderschrank. Margrets Kleider lagen darin wie eh und je. Zumindest fehlte keine bemerkenswerte Menge, woraus sich schließen ließ, dass sie ihm nicht davongelaufen war. Warum auch hätte sie das tun sollen? Es ging ihr doch gut. Sie hatten doch alles. Herr Ohlmann setzte sich wieder auf das Bett, kraulte Molly und überlegte, was zu tun war. Dann stand er auf, ging die Treppe hinunter ins Wohnzimmer, füllte Mollys Näpfe mit Futter und Wasser und goss sich selbst ein zweites Glas von dem Stunden zuvor geöffneten Spätburgunder ein. Er trank hastig, beinahe hastiger als Molly aus ihrem Napf, und verschluckte sich ziemlich übel dabei. Das Problem mit dem Verschlucken hatte sich in den vergangenen Jahren verstärkt, und gewiss würde sich eine physische Ursache dafür herausfinden lassen, aber Herr Ohlmann hatte schon vor Jahren beschlossen, nicht mehr jedem Zipperlein durch die Konsultation eines ja doch zumeist im Dunkeln tappenden Mediziners nachzugehen. Untersuchungen waren entweder oberflächlich und erbrachten keine Erkenntnisse, oder sie schmerzten und ängstigten einen auf krankmachende Weise im Hinblick auf die zu erwartenden Diagnosen. Da genügten die gängigen und halbherzigen Routinechecks Herrn Ohlmann allemal. Jetzt aber hatte er andere Probleme. Probleme, gegen die ein Verschlucken nicht mehr wog als eine Feder im Vergleich zu einem Elefanten: Margret war weg. Herr Ohlmann würde nach ihr suchen müssen. Er zog sich Mantel und Schuhe wieder an, beschloss, noch fahrtüchtig zu sein, setzte sich in seinen Wagen und rauschte in die Innenstadt. Molly hatte er zuvor erklärt, dass er sie zu Hause ließe, weil einer ja aufpassen müsse, und außerdem solle sie der heimkehrenden Margret erklären, wo er sie suche: in der Gesundheitsstube für ganzheitlich Orientierte …

Er fuhr ein wenig rasanter als sonst und parkte unter engagierter Benutzung des Bremspedals just an der Stelle am Straßenrand, an der zuvor der ominöse Sportwagen gestanden hatte. Die Tür zur Firma „Mittelpunkt" war noch immer unverschlossen, und auch der leere Flur erstrahlte wie zuvor in sanftem Kerzenlicht. Vermutlich hatten sie die Teelichter zwischenzeitlich ausgetauscht. Lediglich die Meditationsmusik war verklungen. Herr Ohlmann spürte die Gefahr, von der angenehmen Atmosphäre eingelullt zu werden, drückte auf einen Schalter und fand sich in gleißendem Neonlicht wieder. Obwohl die Helligkeit in den Augen schmerzte, drückte er den Schalter nicht noch einmal, denn er wollte Licht ins Dunkel und Margret zurück in die Realität bringen. Mehrmals hatte er Filme über mafiös vernetzte Sektengebilde gesehen, die schleichend Besitz von unauffälligen Normalbürgern ergriffen und diese nach und nach ihren verzweifelten Familien entzogen. Yoga und jede andere Art von Esoterik waren für Herrn Ohlmann nichts anderes – sie gehörten letztlich zu einer gewaltigen Industrie, die mit der Einfalt der Menschen ihr Geld verdiente. Geld, für das sie bestenfalls in den Träumen der vielen Gutgläubigen eine Gegenleistung erbrachten.

Herr Ohlmann betrat als Erstes die Damentoilette. Dort befand sich niemand, also nahm Herr Ohlmann einen der ausliegenden Yoga-Werbezettel aus dem Bastkörbchen heraus, steckte ihn ein und ging weiter. Die zweite Tür, durch die Herr Ohlmann trat, führte zum Herrenklo. Sie war tatsächlich direkt neben der Tür zur Damentoilette. Kaum zu glauben, dass Herr Ohlmann sie vorhin übersehen hatte. Auch dieser Raum war menschenleer. Herr Ohlmann urinierte ins Pissoir und registrierte, als er anschließend wieder im Flur stand, dass die Neonbeleuchtung zwischenzeitlich ausgegangen war. Hatte jemand den Schalter gedrückt? Ebenso gut konnte es sich um einen Automatismus handeln. Herr Ohlmann machte das Licht wieder an und ging zur nächsten Tür. Sie war verschlossen – wie alle weiteren, die sich auf dieser Etage befanden. Eine Treppe nach oben gab es nicht, auch ein Fahrstuhl war nicht zu entdecken. Es blieb nur der Rückzug zur Ausgangstür. Auf dem Weg dorthin prallte Herr Ohlmann mit einem anderen Menschen zusammen.

Abgesehen davon, dass der Zusammenprall schmerzte, verblüffte Herrn Ohlmann besonders, dass dieser Mensch, ein Mann mit mittellangen etwas fettigen Haaren, abrupt aus einem der eben noch verschlossenen Räume getreten war. Er musste zum Personal der Gesundheitsstube gehören, denn bevor er Herrn Ohlmann ansah und das Wort an ihn richtete, kramte er umständlich nach seinem Schlüssel und mühte sich damit ab, die soeben geöffnete Tür wieder abzuschließen.

„Du musst dir in den Fluren mehr Zeit nehmen, sonst kommt das Mäuschen und beißt dich", belehrte er Herrn Ohlmann beiläufig, ohne ihn näher zu beachten, und ging seines Weges. Mochte sein, dass diese Worte einen freundlichen Hinweis darstellen sollten, Herrn Ohlmann jedoch provozierten sie derart, dass er den Mann an der Schulter hielt und geradeheraus ansprach: „Wo ist meine Frau Margret?"

„Die Frage scheint mir klein", entgegnete der Mann und blies sich eine Haarsträhne aus den Augen, „doch umso schwerer dürfte die Antwort wiegen. Möge dein Karma dir helfen, den Weg zu finden." Er ging weiter und hatte die Ausgangstür bereits erreicht.

Herr Ohlmann spürte, dass dieser Mann etwas wissen musste, und ging aufs Ganze. „Meine Frau Margret besucht einen Yogakurs bei Ihnen. Ich möchte wissen, wohin sie nach der heutigen Sitzung gegangen ist."

Der Mann wirkte weniger irritiert, als man hätte annehmen können, gab dann aber bestimmt zurück: „Ich unterrichte kein Yoga. In diesem Haus werden überhaupt keine Yogakurse gegeben. Wenn du deine Frau suchst, so suche nach ihr in deinem Herzen. Findest du sie dort nicht, ist jede weitere Suche vergeblich." Er hielt Herrn Ohlmann die Tür auf, so dass dieser vor ihm das Gebäude verlassen musste.

„Arschloch", presste Herr Ohlmann mit zusammengebissenen Zähnen hervor, als er sich außer Hörweite befand. Er ärgerte sich kolossal. Weniger über den seltsamen Guru als darüber, Margret nicht gefunden und sich entgegen seiner eigenen Prinzipien verhalten zu haben. Es quälte ihn, wenn er sich anderen gegenüber offenbarte. Wenn er in Damentoiletten stand und anwesenden Frauen gegenüber zugab, sich nicht aus der Kabine hinauszutrauen. Wenn er in Polizeiverhören seine Beziehung zu Margret reflektierte. Wenn er wildfremden Menschen gegenüber eingestand, wie verzweifelt er seine Frau suchte. All diese Dinge gingen niemanden etwas an. Absolut niemanden. Und immer, zumindest fast immer in seinem Leben, war es Herrn Ohlmann gelungen, ihm auf die Pelle rückende, Auskunft fordernde und ihre eigenen Lebensentwürfe als nachahmenswert verkaufende Menschen auf Distanz zu halten. Das Prinzip Ohlmann – so hatte er diese Fähigkeit Margret gegenüber einmal in Worte gefasst. Diese einzige seiner Fähigkeiten, auf die er ansatzweise stolz war, da sie ihn schützte und ihm half, das Leben zu ertragen.

Weil Herr Ohlmann keine Idee hatte, wo er nun hingehen sollte, kehrte er in die Kneipe zurück. Diesmal nahm er am äußersten Rand der Theke Platz, also dort, wo der fleißige Kellner, dem er noch Geld schuldete, nicht bediente. Er bestellte Weißbier, obwohl er üblicherweise Pils bevorzugte, und dachte darüber nach, warum ihm manche Menschen so unsympathisch waren. Schon oft hatte ihn dieser Gedanke beschäftigt und er liebte es, ihn wieder und wieder zu denken. Besonders mochte er daran, dass ihm die Lösung, also die Theorie, die er dazu entwickelt hatte und die er stets auf ihre Gültigkeit hin überprüfte, das Gefühl gab, über eine gewisse Intelligenz zu verfügen.

Nur intelligenten Menschen konnte es gelingen, anhand abstrakter Fragestellungen hinsichtlich kaum greifbarer Phänomene befriedigende Antworten zu entwickeln. Herrn Ohlmanns Antwort auf die Frage, warum ihm manche Menschen so unsympathisch waren, ließ sich in einem einfachen Grundsatz zusammenfassen: Menschen waren ihm immer dann unsympathisch, wenn sie sich zu sehr in ihrer eigenen Rolle gefielen. Wenn sie gern ihren eigenen Namen nannten, wenn sie in ihren Erzählungen die Heldenrolle innehatten und wenn sie sich auf Kosten anderer in Szene zu setzen wussten.

Vielleicht, dachte Herr Ohlmann und hatte sein Weißbier schon wieder leergetrunken, lag das daran, dass er selbst ganz anders war. Er nannte sich nicht gern beim eigenen Namen. Er erzählte keine Heldengeschichten über sich und setzte sich auch nicht auf Kosten anderer in Szene. Ganz im Gegenteil: Er entzog sich den Szenen, in die er sich hätte setzen können. Herr Ohlmann war sich sicher, dass dies genau die Eigenschaften waren, die Margret an ihm schätzte. Margret, nach der er schnellstens wieder suchen sollte. Zuvor aber bestellte er noch ein Weißbier. Und dann noch eines. Und noch eines.

Aus unerfindlichen Gründen hatte Herrn Ohlmanns Drang, Margret suchen zu müssen, mit dem Bierkonsum wieder nachgelassen. Er dachte zwar durchaus noch an seine Frau, nun aber in anderen, weniger dramatischen Zusammenhängen. So überlegte er zum Beispiel, wie Margret die Frau wohl finden würde, die an seiner Theke bediente. Ihm selbst gefiel sie ausgesprochen gut, aber Margret hätte gewiss mit ein paar treffenden Bemerkungen über einige weniger vorteilhafte Aspekte ihrer Gesamterscheinung seinen sexuellen Fokus wieder in die richtigen Bahnen gelenkt. Richtige Bahnen bedeutete: Richtung Margret. Aber nun war Margret eben nicht da. Und die Thekenbedienung sah wirklich gut aus. Herr Ohlmann schätzte sie auf etwa vierzig, fünfundvierzig Jahre. Eine junge Frau allenthalben, attraktiv gekleidet, mit langen braun glänzenden Haaren, die ihren Job mit einer Souveränität verrichtete, die ihresgleichen suchte. Gottlob musste sich Herr Ohlmann nicht bemühen, seine Blicke auf die nur teilweise verdeckte Brust der Bedienung zu verbergen, denn er hatte das große Glück, an einer schlecht einsehbaren Stelle der Theke zu sitzen, und außerdem schützte ihn der Alkohol davor, sich zu blamieren. Doch so sehr sich Herr Ohlmann auch anstrengte: Er konnte das Motiv, mit dem die obere Innenseite ihrer linken Brust tätowiert war, nicht genau identifizieren. War es eine besondere Blume? Ein Tier? Eine Signatur? Wohl hoffentlich nicht der Name eines längst verflossenen Geliebten, so etwas brachte nur Scherereien.

Mit den Jahren hatte Herr Ohlmann gelernt, Margrets Gedanken in jedweder Situation direkt mitzudenken. So hatte Margret immer, wenn er gerade befürchtete, sie werde ihn gleich durchschauen, Herrn Ohlmann durchschaut. Insbesondere bei den Gedanken, die ihm ein bisschen peinlich waren und die er noch lieber als alle anderen für sich behalten hätte. Margret gegenüber war er gläsern, und das allein genügte ihm, um die Freude seiner jüngeren Zeitgenossen an den sozialen Medien nicht mehr teilen zu können. Aber jetzt, am Rande der Theke, eine attraktive Frau vor Augen, die ihn wie alle anderen Thekengäste mit vollkommener Selbstverständlichkeit duzte, fühlte sich Herr Ohlmann frei zu tun und zu denken, was er wollte. Natürlich dachte er daran, mit der Frau zu schlafen, aber mehr noch als an dieser fernen Fantasie erfreute er sich am Wirken ihres Körpers und an der sanft energischen Art, in der sie mit ihren schönen Händen den Zapfhahn bediente. Einmal, als sie ihm das vierte oder fünfte Weißbier auf die Theke stellte, gelang es ihm, beim frühzeitigen Ergreifen des Glases ihren kleinen Finger zu streifen, und er müsste an schweren Sinnestäuschungen leiden, wenn in diesem Augenblick im Gesicht der Dame kein frivoles Lächeln aufgeblitzt war. Er hatte Chancen – und war doch sechzig Jahre alt.

Herr Ohlmann achtete nicht auf Uhrzeit, Gäste und Musik, dachte auch kein bisschen an den kommenden Arbeitstag, saß einfach hier und jetzt in einer Kneipe und erfreute sich am Anblick eines Wesens, das ihn seine Körpersäfte wieder spüren ließ. Ob er sie ansprechen sollte? Natürlich sollte er und tat es auch gleich, winkte sie heran, noch näher, dass sie sich über die Theke beugte und er den auf die Brust tätowierten Löwenkopf endlich erkennen konnte. Fußballfan war sie also, Anhängerin des TSV München 1860, was originell war, sowohl geographisch als auch inhaltlich, aber Herrn Ohlmann, der mit den sich ewig wiederholenden Jubelbildern der roten Superbayern des Sportschauguckens überdrüssig geworden war, augenblicklich gar nicht interessierte.

„Du bist schön", raunte er ihr entgegen und wurde bald wahnsinnig, als sie ihm mit der Hand an die Schulter griff und ihm noch ein Stück näher kam, um die Worte noch besser hören zu können, die Herr Ohlmann etwas forscher wiederholte. Da verstand die Frau, nickte und entfernte sich, bevor sie ihm ein weiteres Weißbier vor die Nase stellte.

Herr Ohlmann trank und überlegte währenddessen, was er von diesem unbestellten Weißbier halten sollte. Reduzierte man ihn hier nicht auf die Rolle des Trinkers und Voyeurs? Wurde ihm das gerecht? Nein, er war kein Spanner, er schaute doch nur, wollte doch bloß und verdammt noch mal diese Fotze ficken. Diese gottverdammte Fickfotze. Die es doch auch wollte. Brüstchen zeigen, Händchen auf's Schülterchen, sie waren doch alle gleich, und Herr Ohlmann sagte es ihr, sagte: „Ich fick dich auch noch!"', und dergleichen, und schaffte es bald, von dem tüchtigen Kellner von vorhin aus dem Haus geworfen zu werden. Der setzte ihm dabei sogar noch ungefragt seinen Hut auf den Kopf, seinen eigenen am frühen Abend hier zurückgelassenen Hut. Und dabei blieb der tüchtige Kellner trotz allem freundlich, unterließ die Beschimpfungen und wünschte dem wieder nicht zahlenden Herrn Ohlmann eine angenehme Nachtruhe.

Freilich krakeelte Herr Ohlmann, als er zum Auto ging. Nichts von Belang, nur von Frauen und Yoga, die fünf, sechs Weißbiere waren in der kurzen Trinkphase doch etwas geballt dahergekommen. Als er nach wenigen Metern seinen Wagen erreicht hatte, fühlte sich Herr Ohlmann jedoch schon fast wieder fahrbereit. Er kratzte mit seinem Autoschlüssel ein wenig am Kfz-Lack herum und saß kurz darauf wieder hinter dem Steuer, um sich in Watte gehüllt auf die Piste zu stürzen. Doch als er das Zündschloss wieder und wieder verfehlte, verlangte etwas anderes in ihm nach Ausbruch. Herr Ohlmann rückte den Fahrersitz soweit es ging nach hinten, zerrte und schob seine Hosen über die Hüften nach unten und packte den ob seiner wurstigen Länge schon so oft unterschätzten Penis aus. Ganz steif machte er sich, presste den Rücken in die Lehne, während er die Hand auf und ab gleiten ließ und an die Bilder des Tages dachte, wobei in den entscheidenden Momenten immer auch Margrets Konterfei in den Vordergrund rückte. Als die Säfte sich wie heiße Magma der Erdkruste näherten und es der Thekenbraut für Sekunden gelang, Margret vom Fahrersitz zu verdrängen, verkeilte sich Herrn Ohlmanns rechter Fuß so fest unter dem Kupplungspedal, dass er vor Schmerz laut aufstöhnen musste. Ja, er stöhnte nicht nur, sondern schrie, schrie explodierend sein eigenes Auto wach – bis die längst informierten Ordnungshüter an die Scheibe klopften und ihn höflich baten, mitzukommen.

Kapitel 11

Obwohl Herr Ohlmann von wachem Geiste war, dauerte es eine Weile, bis er verstand, was die Polizisten eigentlich von ihm wollten. Im ersten Moment hatte er geglaubt, sie würden ihm erste Ermittlungsergebnisse in Sachen Margret überbringen, dann aber waren ihm angesichts ihres resoluten Auftretens Zweifel gekommen, und als sie ihn in ein Röhrchen blasen ließen, begriff auch er, was die Stunde geschlagen hatte. Natürlich machte er seinem Ärger lautstark Luft, als sie ihn zum Polizeirevier mitnahmen, allein schon der immer noch heftige Schmerz im Fußgelenk hätte zum Brüllen genügt, und außerdem, so wusste Herr Ohlmann, brauchte ein Mann seines Kalibers sich längst nicht mehr alles gefallen zu lassen. Zwar bemühte er sich bei seiner Wortwahl darum, die Bullen nicht über Gebühr zu beleidigen, denn sie waren Staatsdiener wie er, und er wusste, wie schwer es manchmal fiel, die staatlichen Verordnungen umzusetzen und dabei noch bürgernah zu bleiben. Aber er fluchte doch vor sich hin, um zum Ausdruck zu bringen, wie falsch die beiden Uniformierten mit ihrer Vermutung lagen, er gehöre zu denjenigen Personen, von denen irgendeine Gefahr ausging.

Nach wenigen Minuten betrat Herr Ohlmann das Polizeirevier, das er am frühen Abend erstmals von innen gesehen hatte. Sie setzten ihn in ein anderes Zimmer als zuvor und nahmen ihm Blut ab, bevor sie ihm, und hier freute sich Herr Ohlmann dann doch über die Errungenschaften des Rechtsstaates, die Chance gaben, im Dialog mit einer erfahren wirkenden Beamtin die Ereignisse des Abends zu rekapitulieren. Gottlob tat sich Herr Ohlmann leicht mit dem Reden, fand trotz oder gerade auch wegen der konsumierten alkoholischen Getränke die richtigen Worte und spürte, wie ihm eine Woge der Empathie entgegenschlug. Kurz nur erwähnte er Mülltonne und Zechprellerei, zwei zwar schon Stunden zurückliegende Verfehlungen, für die er sich als anständiger Bürger aber wenigstens der Form halber entschuldigen wollte, bevor er dem wesentlichen Teil seiner Rede auch gestischen Ausdruck verlieh. „Sie müssen", sagte er und ließ sich vor der Beamtin auf die Knie fallen, „verstehen, dass ich nicht losfahren wollte."

„Herr Ohlmann, es nutzt nichts, wenn Sie sich hier auf die Knie fallen lassen", entgegnete die Polizistin freundlich und wies ihm den Stuhl als attraktivere Option. „Sie haben deutlich alkoholisiert auf dem Fahrersitz ihres Autos gesessen, den Schlüssel bei sich, waren sogar vernünftigerweise angeschnallt – welchen anderen Schluss als den, dass sie das Auto steuern wollten, sollten wir daraus ziehen?"

„Sie müssen verstehen, dass ich nicht losfahren wollte", wiederholte Herr Ohlmann und kauerte schon wieder auf seinen Knien. „Sie als Frau müssen das verstehen."

Die Frau verstand aber nicht und ließ sich auch auf keinerlei Diskussionen mehr ein. Gern hätte Herr Ohlmann ihr erzählt, dass er deutlich wichtigere Dinge in seinem Auto zu tun gehabt hatte, als auf das Gaspedal zu treten – im Gegenteil befanden sich seine Füße ja nachweislich unter den Pedalen –, aber für diese wesentlichen Details interessierte sich niemand.

„Ihr macht einen großen Fehler", sagte Herr Ohlmann noch und drehte sich dabei mit erhobenem Zeigefinger einmal um sich selbst, um zur Polizei als Gesamtinstitution zu sprechen, doch es war gerade kein Kollege der Beamtin im Raum. Nur der junge Mann, mit dem Herr Ohlmann am frühen Abend über das Verschwinden Margrets gesprochen hatte, steckte kurz seinen Kopf herein und erwähnte, dass man die Ehefrau informiert habe, die sich jetzt auf den Weg mache.

Herr Ohlmann, der sich, abgesehen von der Führerscheinabgabe, bei der er zunächst ein wenig bockte, korrekt und freundlich verhielt, wurde in einen Nebenraum gebeten und aufgefordert zu warten. Dort saßen noch zwei andere Herren, offenbar aus ähnlichen Gründen. Gewiss warteten auch sie auf ihre sie abholenden Ehefrauen, was Herr Ohlmann durchaus als fortschrittlich erachtete, verglich man diese Vorgehensweise mit der stupiden Praxis der Unterbringung in Ausnüchterungszellen, welche andernorts wohl immer noch vorherrschte. Während Herr Ohlmann seine alkoholisierten Gefährten betrachtete, dämmerte ihm, dass sie Margret gefunden haben mussten, da sich diese ja sonst nicht auf den Weg hätte machen können, und seine ohnehin noch vorhandene Achtung vor der Leistungsfähigkeit der Polizei wandelte sich zu echter Bewunderung. Wenn sie selbst Margret finden konnten, dann konnten sie alles vollbringen, und die Vision einer Gesellschaft ohne Verbrechen würde zu seinen Lebzeiten noch Realität geworden sein.

Gern hätte Herr Ohlmann seine wieder entflammte Begeisterung mit den wartenden Gefährten geteilt, aber diese schienen keiner guten Stimmung zu sein, brummten nur mürrisch vor sich hin und stießen die obligatorischen Beamtenbeleidigungen aus. Herr Ohlmann ließ jedoch nicht locker und gelangte zumindest mit einem der Herren – es war der am frühen Abend noch Schwerbetrunkene aus dem Brauhaus – in ein mehrere Sätze umfassendes Gespräch. Darin erfuhr er, dass sein Gegenüber, ein vom Grundsatz her friedlicher Zeitgenosse und im nüchternen Leben Physikprofessor an der hiesigen Universität, am Morgen von seiner Lebensgefährtin verlassen worden war und die Stunden seither zum großen Teil mit der Aufnahme alkoholhaltiger Flüssigkeiten zugebracht hatte. Obwohl Herr Ohlmann die Tragik dieses Ereignisses nur bedingt erfasste, verspürte er doch den Wunsch, seinen Gefährten aufzuheitern, und sang ihm einen alten Schlager vor, der davon handelte, dass Liebeskummer sich nicht lohne.

Von der lautstarken Wiederholung des Refrains aufgeschreckt, schaltete sich endlich auch der zweite Gefährte in das bislang freundliche Geplauder ein.

„Spanner!", rief er. „Du bist doch der Spanner an meinem Auto gewesen!"

„Der bin ich", gestand Herr Ohlmann frei heraus, denn er hatte längst zurück zu seiner konsensorientierten Grundhaltung gefunden, „aber ich spanne nicht nur, ich leiste auch was."

„Du leistest nichts, du bist nichts, nur ein scheiß Spanner bist du!"

Herr Ohlmann registrierte mit einigem Bedauern, dass der zweite Gefährte kein Interesse daran zeigte, seine bisherigen oberflächlichen Eindrücke zu relativieren – ein Verharren im Vorurteil, wie Herr Ohlmann es zu seinem Leidwesen schon oft bei Menschen beobachten musste. Die Erfahrung hatte ihn gelehrt, dass man daran in den meisten Fällen auch nichts ändern konnte, und gewiss hätte einiges dafür gesprochen, den aggressiveren der beiden Gefährten mit seiner festgefahrenen Meinung glücklich werden zu lassen. Dem widersprach aber Herrn Ohlmanns im Weißbier belebter Offensivgeist, der ihn dazu brachte, durch Worte und Taten für die Wahrheit und damit auch die Rettung der verletzten eigenen Ehre einzutreten. Es ging einfach nicht an, dass einen jeder dahergelaufene Trunkenbold in eine falsche Schublade stecken durfte. Ihn, den unbescholtenen Staatsbürger, der es auch leiblich noch brachte, weswegen der Stolz auf das im parkenden Auto Geleistete Herrn Ohlmann geradezu befahl, Details zu benennen.

„Ich habe", sagte er also und knöpfte sich mühsam die Hose auf, „im Wagen mehr gebracht als du. Willst du es sehen?" Und da ließ er auch schon die Hose fallen, um dem besoffenen Arschloch zu zeigen, was für ein Hengst er war. Ein Hengst, der sich nicht aufs Spannen beschränken musste, sondern selbst noch voll im Saft stand. Da staunte der Aggressive, und der das Geschehen vom Rande beobachtende Physikprofessor gab ein paar anerkennende Geräusche von sich. Herr Ohlmann spürte ganz deutlich die Magie dieses Augenblicks, in dem er der Welt offenbarte, noch am Leben zu sein. Sie hatten ihn wie immer unterschätzt, sein ganzes Leben schon war er unterschätzt worden, und jetzt erst, mit sechzig, war es ihm gelungen, die Schatten der Vergangenheit endgültig abzuschütteln. Es war ein starker Moment, für Herrn Ohlmann der stärkste des ganzen Abends, und nur der stechende Blick Margrets, den er auf einmal in seinem Rücken spürte wie nur einander unendlich vertraute Menschen es können, signalisierte ihm, dass er es nun gut sein lassen müsse.

Herr Ohlmann zog sich die Hose wieder hoch, knöpfte sie zu, verließ den Raum mit einem zackigen „Habe die Ehre", folgte Margrets schnellen Schritten aus der Polizeiwache hinaus und nahm auf dem Beifahrersitz des wunderbaren Wagens Platz, den Margret irgendwie in der Innenstadt gefunden haben musste. Es überraschte Herrn Ohlmann wenig, dass Margret nicht sprach, aber das Dröhnen ihres Schweigens pochte ihm doch etwas zu unangenehm in den Ohren. Instinktiv wusste Herr Ohlmann, dass er nun keine Fehler machen durfte, und versuchte Margret gegenüber, die rauchte und in einem eindeutig unerlaubten Tempo gen Heimat brauste, ein Gefühl der sicheren Alltäglichkeit zu vermitteln. Endlich fiel ihm ein Satz ein, der in dieses Szenario gefahrlos hineinpasste: „Der Zählerableser war da." Stolz darauf, den Satz ohne Lallen ausgesprochen zu haben, fügte Herr Ohlmann noch hinzu: „Alles in Ordnung mit den Zählern."

Zwar störte ihn ein wenig, dass Margret nicht nach Einzelheiten fragte und auch kein Lob für ihn übrig hatte, obwohl es doch durchaus nicht zu seinen Spezialgebieten gehörte, Zählerableser durch sein Haus zu geleiten, aber er beschloss, kein Wesen darum zu machen und seiner eingeschlagenen Konsenslinie treu zu bleiben. Er erzählte möglichst wenig nach Beifall heischend, dass er Mollys Näpfe gefüllt hätte, dann stimmte auch er in das monumentale Schweigen Margrets ein und ließ sich von seiner rauchenden Frau nach Hause bringen.

Nachdem Margret ohne weitere Worte direkt ins Bett gegangen war, setzte sich Herr Ohlmann noch ein bisschen an den Esstisch. Er freute sich über den immer noch akzeptablen Füllstand der Weinflasche und goss sich ein drittes Glas davon ein. Spätburgunder war ein herrliches Getränk, und Herrn Ohlmanns Interesse daran, sich zu betrinken, hatte für den heutigen Abend einen neuen Höchstwert erreicht. Es war genau betrachtet ja nicht der Rausch, den er suchte, sondern ausschließlich das nächste Glas, der nächste Schluck. Immerzu ließ sich ein gegenwärtiger Zustand noch verbessern, und nie blieben die Versprechungen des Alkohols in diesem Zusammenhang leere. Im Gegenteil brachte der Wein formidable Gedanken mit sich und half, die vergangenen Stunden im genussvollen Abstand des besänftigten Bürgers gediegen zu reflektieren. Alles in allem war es, auch für jemanden, der schon so viel erlebt hatte wie Herr Ohlmann, ein ereignisreicher Tag gewesen. Und selbst wenn er aus manchen Augenblicken – als Frau Lindenborn ihm gratulierte etwa oder beim Abgeben des Führerscheins – nur eingeschränkte Sinnesfreude ziehen konnte, so blieb am Ende doch eine positive Bilanz, und Herr Ohlmann machte einen bejahenden Haken unter die Tatsache, heute zu den Lebenden gehört zu haben.

Der Inhalt der Flasche reichte tatsächlich noch für drei leidlich gefüllte Gläser Spätburgunder. Nach dem zweiten kam Herr Ohlmann unversehens auf die Idee, seine nächsten Jahre mit dem Verfassen großer Romane zuzubringen. Der Wein half ihm dabei, diese grandiose Eingebung nicht als viel zu spät aufkeimendes Hirngespinst zu den nicht mehr realisierbaren Träumen abzuschieben, sondern sie dankbar als Zeichen des Schöpfers anzunehmen. Er hatte jetzt erst, mit sechzig, das Alter erreicht, in dem er den Menschen etwas zu erzählen vermochte. Erst jetzt, er goss sich wehmütig das letzte Glas ein, umgab ihn etwas wie eine Aura, war er gefüllt bis unter den Rand mit Erlebnissen und Erfahrungen, die ihn sprudeln lassen würden wie die Quelle eines Gebirgsbaches. Doch sein Wasser würde auch dunkle Strömungen mit sich führen, Sex & Crime, und die großen Meister des Genres würden einen neuen Namen in ihre Kreise aufnehmen müssen: Hans-Heinrich Ohlmann, den Kopf, der klug genug sein würde, sich seine Kreativität nicht durch Absitzen weiterer unnötiger Stunden auf dem Amt verderben zu lassen.

Nachdem er die verbliebenen Tropfen Spätburgunder mit langer Zunge aus dem Glas geschleckt hatte, ging Herr Ohlmann an den Kühlschrank und nahm sich ein letztes Bier. Er wollte damit den krönenden Abschluss dieses Tages zelebrieren, doch das Bier schmeckte unangenehm, und Herr Ohlmann musste es sich eher aufzwingen, als dass er den Trinkvorgang genießen konnte. Er blickte auf die Wanduhr. Es war nach zwei. Vielleicht sollte er auf der Terrasse noch eine von Margrets Zigaretten rauchen, bevor er in das unvermeidliche Bett gehen würde. Er nahm sich Margrets Handtasche von der Garderobe und schaute hinein. Die Zigarettenpackung war leer. In ihr befand sich ein handgeschriebener Zettel. Darauf stand die Adresse der Gesundheitsstube für ganzheitlich Orientierte. Der Guru hatte ihn also angelogen. Etwas anderes hatte Herr Ohlmann eigentlich auch nicht erwartet. Er zerknüllte den Zettel und warf ihn ins Altpapier. Die leere Zigarettenschachtel schob er zurück in Margrets Handtasche. Dann legte er sich auf die Wohnzimmercouch und schlief in der gleichen Sekunde ein.

Kapitel 12

Herr Ohlmann erwachte, als die große Wanduhr fünf anzeigte. Er hatte das Wohnzimmerlicht brennen lassen, was ihn gewöhnlich sehr geärgert hätte, denn unnötigerweise Geld auszugeben war eine Sache, die er ansonsten geflissentlich zu vermeiden verstand. An diesem Morgen jedoch interessierte ihn die brennende Halogenleuchte überhaupt nicht. Er fühlte sich so schlecht wie lange nicht. Seine Befindlichkeit unterschied sich fundamental von dem vorgestrigen Geburtstagskater. Da waren es Kopfschmerzen gewesen, wie man sie eben nach dem Konsum von reichlich Alkohol in Kauf zu nehmen hatte. Heute aber, und dies konnte gewiss nicht mit den paar Bier und Wein zusammenhängen, hätte er etwas dafür gegeben, wenn sein Schmerz zu lokalisieren gewesen wäre. Doch das war er nicht. Herr Ohlmann fühlte sich leer und tot, und der einzige Sinn, den er im Aufstehen erkennen konnte, lag darin, dass er im Verweilen auf dem Sofa erst recht keinen sah. Es mochte auch einem letzten Rest Stolz geschuldet sein, dass er es Margret nicht gönnte, ihn in diesem Zustand aufzufinden.

Da Herr Ohlmann noch die Kleider vom Vortag trug, zog er sich nur Schuhe und Mantel über, schnappte sich Molly und ging mit ihr vor die Tür. Draußen war es nicht mehr regnerisch, dafür aber ziemlich kalt. Die Luft war schneidend, und Herr Ohlmann nahm ohne Verwunderung zur Kenntnis, dass selbst die bewegungsfreudige Hündin keine Einwände erhob, als er den Spaziergang nach nur fünf Minuten für beendet erklärte. Margret schlief noch, warum auch nicht, und Herr Ohlmann nutzte die Gunst des stillen Morgens und verabschiedete sich schweigend in den Arbeitstag. Selbstverständlich würde er den

Wagen nehmen. In all den Jahren war er kein einziges Mal auf dem Weg zum Amt angehalten und nach dem Führerschein gefragt worden. Die Wahrscheinlichkeit, dass dies ausgerechnet am heutigen Dienstagmorgen passieren sollte, war also denkbar gering. Davon abgesehen hielt sich seine Arbeitsmotivation in derart engen Grenzen, dass sie schlicht und ergreifend nicht ausgereicht hätte, bis zur nächsten Bushaltestelle zu laufen. Allein schon die Schritte zur Garage waren Herrn Ohlmann beinahe zu viel, und er überlegte auf halbem Weg, wieder ins Haus zurückzugehen und sich hinzulegen. Lediglich der Gedanke an Margret hielt ihn davon ab. Verachtung war, obwohl er sie auch sich selbst entgegenbrachte, das Letzte, was Herr Ohlmann jetzt gebrauchen konnte.

Im Auto bemerkte er, dass der Radiosender verstellt war. Margret hatte immer schon gegen den Kulturkanal gewettert, den sie als „Besserwissersender mit schrecklichen Liedern" verunglimpfte. Wann immer sie am Steuer saß, hatte sie als Erstes nach moderner Popmusik gesucht – ein Genre, in dem sie sich für ihr auch schon fortgeschrittenes Alter erstaunlich gut auskannte. Das eigentlich Erstaunliche an diesem frühen Morgen aber war, dass Herr Ohlmann den von Margret eingestellten Sender nicht wieder korrigierte. Er hatte einfach kein Interesse an fundierten politischen Hintergrundberichten. Genau betrachtet, war es die oberflächliche Medienschau, die von der Politik tagaus tagein veranstaltet wurde, überhaupt nicht wert, dass man fundiert und hintergründig über sie berichtete. Im Grunde lag hierin sogar die eigentliche Volksverdummung, den omnipräsenten Selbstdarstellern eine Bühne einzuräumen, die aus der Not des Sichäußernmüssens geborene Halbwahrheiten im Licht durchdachter Konzeptionen erscheinen ließ. Da hatte ein sauber gemachter Popsong schon mehr zu bieten: Er erfreute den Gehörgang und behauptete nichts anderes von sich, als in die

Charts zu wollen. Verkaufen und kaufen – um nichts anderes ging es in dieser Welt.

Herr Ohlmann drehte die Musik erst lauter, schaltete dann aber das Autoradio gänzlich aus und döste still durch den müden Morgenverkehr. Gewiss würde der Restalkoholgehalt in seinem Blut genügen, um bei einer Kontrolle den Führerschein zu verlieren, wenn er noch einen besäße. Aber er besaß keinen mehr, was das Fahren im alkoholisierten Zustand deutlich entspannter erscheinen ließ. Ohnehin würde er sich den Umständen nicht aussetzen wollen, die mit der Wiedererlangung des Führerscheines einhergingen. Er war ja sonst für jeden Spaß zu haben, aber von einem Verkehrspsychologen begutachtet zu werden und allein aufgrund dessen tagesformabhängiger Prognoseentscheidung wieder auf die Menschheit losgelassen zu werden oder eben nicht, das brauchte Herr Ohlmann nun wirklich nicht mehr. Genauso wenig, wie er einen Führerschein brauchte. Den Wagen konnte er zur Not auch ohne nutzen. Oder er verkaufte ihn einfach. Für viel mehr als die Fahrten zur Arbeitsstelle hatte er ihn sowieso nicht benötigt, und diese Fahrten würden nun ja wegfallen. Nie zuvor war sich Herr Ohlmann seiner Kündigung so sicher wie heute.

Als er sein Büro erreichte, war er noch keiner Menschenseele begegnet. Verwunderlich war dies nicht, da die Gleitzeitregelung einen Arbeitsbeginn vor sechs Uhr dreißig nicht vorsah, und jetzt war es nicht einmal sechs. Wenigstens hatte Herr Ohlmann beim Betreten des Amtsgebäudes die Alarmanlage nicht ausgelöst, woraus geschlossen werden konnte, dass die Reinigungskräfte noch irgendwo im Haus unterwegs sein mussten. Herr Ohlmann setzte sich an seinen Schreibtisch und schaltete den Computer an. Er gab sein Passwort ein, lehnte sich im bequemen Bürostuhl zurück und schaute auf das Bild an der

Wand, auf dem Gert Fröbe zu sehen war. Was war seit jenem Spanienurlaub vor vielen Jahren überhaupt geschehen? Hatte er auch nur an einem einzigen Tag seither seine Zeit nicht verschwendet? Er musste sich keine Antwort auf diese Fragen geben. Im Grunde blieben ihm für die Zukunft genau drei Möglichkeiten. Die erste davon war, in den verbleibenden Jahren bis zum Ruhestand gediegen Dienst nach Vorschrift zu verrichten. Wenn jemand etwas von ihm wollte, würde er sich bewegen, wenn nicht, dann nicht. Er würde einfach sitzen bleiben, bis es vorbei war. Dieser Strategie folgte er, seit er sich erinnern konnte. Aber diese Strategie war falsch, denn sie nahm ihm seine besten Jahre und brachte die Behörde um den guten Mitarbeiter, der er vielleicht hätte sein können. Die zweite Option hingegen schien verlockender. Es war die des Revoluzzers. Er könnte ins Büro seines Chefs gehen, frei heraus mit sofortiger Wirkung kündigen, ein paar Dinge loswerden, die ihn schon immer kolossal gestört hatten, und das Amtsgebäude als für den Rest seines Lebens befreiter Mensch verlassen. Aber wollte er das sein? Ein befreiter Mensch?

Herrn Ohlmann fröstelte. Die Hämorrhoiden machten sich wieder bemerkbar. Das Jucken seines Afters ließ ihn an den Zustand seiner Unterhose denken, die er immerhin seit mehr als vierundzwanzig Stunden am Leibe trug. Er wischte den unangenehmen Gedanken beiseite und versuchte, sich auf die dritte und wohl auch vernünftigste Option zu konzentrieren. Er würde zum Arzt gehen und sich krankschreiben lassen. Das hatten schließlich schon ganz andere gemacht. Spezialisten, die am Freitagnachmittag schon über verschleimte Bronchien klagten, um nur jedermann wissen zu lassen, dass in den nächsten vierzehn Tagen mit ihrem Erscheinen nicht mehr zu rechnen sei. Oder solche, die sich morgens mit Leidensmiene ins Büro schleppten und dabei in der Gewissheit, dass sie kommen möge, auf die Absolution der Kollegen warteten, die in besorgten Worten zur vorzeitigen Heimkehr aufforderten. Solche Leute kannte Herr Ohlmann zur Genüge und war froh, sich dieser Sorte Menschen nicht zugehörig fühlen zu müssen. Er war nämlich anders. Wenn er sich krankschreiben ließ, dann für den Rest seines Berufslebens.

Als Herr Ohlmann, in Gedanken an seinen langjährigen Hausarzt, mit dem man zweifellos über alles reden konnte, seinen Computer herunterfuhr und sich aus dem Bürostuhl erhob, empfand er eine große Menge Erleichterung gepaart mit einer geringen Menge Wehmut. Die Wehmut bezog sich auf den bequemen Bürostuhl, in dem er so manche müde Stunde durchwacht hatte, und auf den kleinen, aber feinen Heizkörper, der die Amtsstube in all den Jahren so zuverlässig mit Wärme versorgt hatte. Aber – so what! – andere Zimmer hatten auch schöne Heizkörper. Ohne sich umzudrehen, stürmte Herr Ohlmann aus dem Büro, kehrte aber im Türrahmen noch einmal um und nahm das Bild mit Gert Fröbe von der Wand. Er wollte es einfach bei sich haben, denn wer wusste schon, wann er die Rentenbewilligung durch hatte und ohne Furcht vor Ansehensverlust seine Habseligkeiten aus dem dann nicht mehr mit seinem Namensschild versehenen Büro würde räumen können. Als er das zweite Mal den Türrahmen passierte, stieß er dort mit seinem Chef zusammen.

„Guten Morgen, Hans Heinrich! So früh schon da? Was macht der Hund?" Offenbar genügte auch Bernd Rüdiger Klebers Überraschung über Herrn Ohlmanns frühzeitiges Erscheinen nicht, um von der zwanghaften Frage nach Molly einmal abzusehen. „Dem geht`s soweit ganz prächtig. Margret möchte ihn abgeben. Sei mir bitte nicht böse, ich fühle mich heute nicht wohl." „Schön zu hören", entgegnete Bernd Rüdiger Kleber, ohne auf Herrn Ohlmanns Klagen und die unerhörte Hundenachricht einzugehen, „ich wollte heute sowieso noch zu dir. Aber wenn du jetzt weg musst, reden wir am besten gleich. Darf ich mich setzen?" Er schob Herrn Ohlmann mit sanftem Schulterdruck zurück ins Büro und ließ sich in seinen Bürostuhl fallen. Herr Ohlmann nahm notgedrungen auf dem weniger komfortablen Besuchersitz Platz.

Während Bernd Rüdiger Kleber in schwungvollem Schwall auf Herrn Ohlmann einredete, überlegte der sich, wie viel Ehrlichkeit seinem Vorgesetzten wohl zuzumuten wäre, wenn er ihm gleich seinen unwiderruflichen Rückzug aus dem Erwerbsleben beibringen würde. Dann aber erwies sich das von Bernd Rüdiger Kleber vorgebrachte Thema als derart interessant, dass Herr Ohlmann doch wieder in alte Verhaltensmuster zurückrutschte und zuhörte, als ginge das alles ihn noch etwas an. Esther Lindenborn würde das Amt verlassen, war die Bombe, die Bernd Rüdiger Kleber platzen ließ, ein familiär bedingter kurzfristiger Wohnsitzwechsel, und Herr Ohlmann fragte sich mit offenem Mund, ob sich für diesen matten Abgang die ganze Speichelleckerei wohl gelohnt hatte. „Du wirst verstehen, Hans Heinrich, dass ich für die vorübergehende Besetzung ihrer Position einen Mann brauche, auf den ich mich hundertprozentig verlassen kann." Er schaute Herrn Ohlmann gewinnend an. „Es wäre ja bloß für eine Übergangszeit."

In all seinen Berufsjahren hatte Herr Ohlmann keinem seiner Vorgesetzten auch nur eine einzige Bitte abgeschlagen. Manch einer mochte dies als Indiz für hohe Arbeitsmoral werten, Herr Ohlmann selbst sah es eher nüchtern als Kompensation seiner sonstigen Trägheit, die er in unbeobachteten Momenten an den Tag legte. Hier aber verlangte Bernd Rüdiger Kleber schlicht Unmögliches von ihm. Er konnte nicht - auch nicht kommissarisch - den Posten des stellvertretenden Amtsleiters wahrnehmen, wenn er gleichzeitig nicht mehr auf der Arbeit erschien. Also musste er seinem Vorgesetzten jetzt reinen Wein einschenken. „Bernd, sei mir nicht böse, mir geht es heute überhaupt nicht gut. Wir reden ein andermal darüber, ja?" „Also grundsätzlich bist du nicht abgeneigt?" „Grundsätzlich kann ich mir alles vorstellen." Mit diesen Worten verließ Herr Ohlmann seinen offenbar zufriedenen Vorgesetzten, beseelt von der Vorstellung, heute zum letzten Mal im Öffentlichen Dienst gearbeitet zu haben. Vor der Haupteingangstür erbrach er sich in einen Mülleimer. Beim Erbrechen musste er an Esther Lindenborn denken. Die Tatsache, dass diese nun ging, ließ den ganzen Zirkus, den sie zuvor tagtäglich zu ihrer Selbstinszenierung veranstaltet hatte, in anderem, noch zweifelhafterem, Licht erscheinen. Obwohl er nicht verstand, weshalb, fühlte sich Herr Ohlmann von dieser Frau betrogen.

Den Wagen ließ er auf dem Mitarbeiterparkplatz stehen und ging zu Fuß zu seinem Hausarzt, dessen Praxis sich nur wenige hundert Meter entfernt in einem schmucken Altbau befand. Herr Dr. Korbinian Kranz war der Sohn eines alten Schulkameraden seines Schwiegervaters, und entsprechend lange schon vertraute Herr Ohlmann den Heilkünsten dieses freundlichen Mediziners. Das taten zu Herrn Dr. Kranzens Freude auch recht viele andere Menschen, weswegen das Wartezimmer, in das sich Herr Ohlmann nun setzte, nur wenige freie Stühle offerierte. Zum Glück gab es noch eine Zeitschrift, die Herrn Ohlmanns Geschmack entsprach. Er nahm sie sich aus dem Ständer, schlug sie zunächst auf, setzte sich dann und grüßte erst im Anschluss, wie zum Abhaken einer lästigen Pflicht, mit einem kaum wahrnehmbaren Nicken die ihn ebenfalls kaum wahrnehmenden Mitpatienten. Der aus dem Inhaltsverzeichnis zu schließen interessanteste Bericht, ein Interview mit einem Altersforscher über die neuen Herausforderungen an die ältere Generation, befand sich auf

Seite sechzig, doch noch ehe Herr Ohlmann ihn zu lesen begonnen hatte, wurde er von einer hübschen blonden Sprechstundenhilfe aufgefordert, sich in Zimmer fünf einzufinden. Herr Ohlmann legte die Zeitschrift wieder zurück in den Ständer und folgte der jungen Frau.

Zimmer fünf war ein kleiner, äußerst schlicht eingerichteter Raum mit weiß gekachelten Wänden. An der einen Wand stand eine Behandlungsliege, davor ein höhenverstellbarer Holzhocker, und an der gegenüberliegenden Wand befand sich ein ebenfalls weißer Medikamentenschrank, auf dessen Ablage einige bedrohlich sauber aussehende Arztwerkzeuge aus glänzendem Stahl auf ihren nächsten Einsatz warteten. Ein kleines Waschbecken und ein beinahe ebenso kleines Fenster mit Aluminiumrahmen rundeten das Bild dieses Raumes ab, zu dem Margret sicher das eine oder andere kritische Wort hätte beisteuern können. Zeitschriften gab es hier leider keine. Herr Ohlmann überlegte kurz, ins Wartezimmer zurückzugehen und sich das eben angefangene Magazin zu holen, wischte diese spontane Idee aber mit dem Gedanken an den sicher sofort auftauchenden Mediziner beiseite. Stattdessen überlegte er, mit welchen Worten Herr Dr. Kranz am ehesten für das Ziel zu gewinnen war, ihn bis zum Eintritt in den Ruhestand, oder wenigstens so lange irgend möglich, krankzuschreiben. Am besten wäre es wohl, ehrlich zu bleiben. „Korbinian", würde er sagen, „ich will nicht lange um den heißen Brei reden. Schreib mich bitte für immer krank, ich habe keinen Bock mehr." Korbinian war ein Junge aus dem Leben, der das gewiss verstehen würde. Die Frage war bloß, ob ihm sein Berufsethos erlauben würde, bei diesem durchschaubaren Spiel mitzumachen. Vielleicht sollte Herr Ohlmann besser auf die psychische Komponente seines Leidens verweisen. Vierzig Jahre in einer Behörde an vorderster Front gingen an keinem Menschen spurlos vorüber. Irgendwann war eben der Punkt erreicht, an dem es nicht mehr weiterging. Burn-out. Depression. Kein Sinn mehr im eigenen Handeln. Das müsste einem guten Arzt doch ausreichen. Herr Ohlmann war da äußerst zuversichtlich.

Leider hielt sich diese Zuversicht nicht über die komplette Zeit, die er in Zimmer fünf auf den Arzt warten musste. Herr Ohlmann trug zwar keine Armbanduhr, und der schlichte Behandlungsraum verfügte auch weder über Computer noch Telefondisplay, von dem die Uhrzeit hätte abgelesen werden können, doch sein Gefühl sagte ihm, dass deutlich mehr als eine Stunde vergangen sein musste, bis er sich endlich dazu durchringen konnte, zurück ins Wartezimmer zu gehen, um sich die Zeitschrift seiner Wahl zu holen. Das Wartezimmer war inzwischen beinahe leer, aber einer der wenigen hier wartenden Patienten schmökerte erkennbar genüsslich in besagter Zeitschrift, so dass Herr Ohlmann sich, eine fadenscheinige Ausrede für sein Erscheinen und Verschwinden vor sich hin murmelnd, wieder auf seinen angestammten Platz in Zimmer fünf zurückzog. Nur wenige Augenblicke nach dieser etwas unglücklichen Aktion betrat der Arzt den Behandlungsraum. „Du brauchst nichts zu sagen, Hans Heinrich", eröffnete Korbinian die Anamnese, während er mit ausladender Armbewegung nach Herrn Ohlmanns Hand griff, „man sieht dir den Virus schon von der Türschwelle aus an." „Ja, mir geht es wirklich nicht besonders gut", bekannte Herr Ohlmann und überlegte, um welchen Virus es sich wohl handeln mochte. „Hat Margret ihn auch schon?" fragte der Arzt und schaute mit irgendeinem Instrument in Herrn Ohlmanns Ohr hinein. „Ich bin mir nicht sicher, aber gestern Abend machte sie auf mich keinen guten Eindruck." „Also, pass mal auf, Hans Heinrich, ich schreib dich jetzt mal für den Rest der Woche krank." „Meinst du wirklich? Wir haben auf der Arbeit gerade einen ziemlichen Engpass ..." „Papperlapapp, du bleibst zu Hause. Diese und am besten auch noch nächste Woche. Und zur Sicherheit, dass sich auf den Virus keine bakterielle Infektion draufsetzt, schreibe ich dir noch ein Antibiotikum auf. Du solltest dich jetzt mal ein paar Tage schonen, dann kannst du deinen Arbeitgeber noch lange genug mit deiner Tatkraft erfreuen." „Also gut, wenn du meinst."

Herr Ohlmann stand, während er diese Worte sprach und in die ausgestreckte Hand des zum nächsten Patienten hastenden Mediziners einschlug, soweit neben sich wie man nur konnte, ohne seinen Körper bereits vor der Zeit dem physischen Verfall preiszugeben. Wohl realisierte er, dass er seinen Hausarzt über die eigentlichen Gründe seiner Vorsprache im Unklaren gelassen hatte, aber der Gedanke daran, vor den Augen der Welt als Drückeberger und Faulenzer zu gelten, löste in ihm derart heftige Widerstände aus, dass er die Wahrheit beschämt für sich behielt. Dann lieber jede Woche zum Arzt kommen, einen gesundheitlich angeschlagenen Eindruck hinterlassen und vom wohlmeinenden Fachmann zum weiteren Schonen und Nichtstun überredet werden. Zur Not auch nach ein paar Wochen eine andere Praxis aufsuchen und dasselbe Theaterstück noch einmal inszenieren. Kein Arzt der Welt verprellte einen Patienten, dem es nicht gut ging, indem er ihn zur Arbeit nötigte. Mediziner waren zwar nicht immer freundliche, aber doch zumeist kluge Gesellen, die es verstanden, für ihr wirtschaftliches Auskommen zu sorgen. So wusch eine Hand die andere, und man würde die nächsten Monate im Einvernehmen rumkriegen, ohne dabei eine zwar für jedermann ersichtliche, aber doch unangenehme Wahrheit aussprechen zu müssen.

Vor der Tür der Arztpraxis kramte Herr Ohlmann das Erinnerungsfoto von Gert Fröbe aus seiner Tasche und schaute es lange und versonnen an, ohne auf die an ihm vorübereilenden

Menschen zu achten. Gert Fröbe und er hatten sich während der kurzen Zeit ihrer Bekanntschaft einfach prima verstanden. Nun vereinte sie neben dem einstigen Urlaubsziel noch eine zweite Gemeinsamkeit: Sie hatten beide das Gröbste hinter sich.

Kapitel 13

Nachdem Herr Ohlmann zurück zum Amt gelaufen war und die Arbeitsunfähigkeitsbescheinigung in den Briefkasten geworfen hatte, wusste er nicht recht, wohin. Nach Hause wollte er nicht, denn dort würde Margret mit unangenehmen Fragen auf ihn warten. Und auch wenn sie nichts fragen würde, so würde doch eine angespannte Atmosphäre zwischen ihnen herrschen, auf die Herr Ohlmann keine Lust verspürte. Dabei war er es doch, der Antworten einzufordern hatte. Die seltsame Yoga-Aktion seiner Frau stand weiterhin unaufgeklärt im Raum und würde vermutlich keine erhellenden Erläuterungen finden, solange er sich nicht darum kümmerte. Aber das sollte, so sehr das Thema Herrn Ohlmann auch beschäftigte, besser an einem anderen Tag geschehen.

Der heutige Tag verhieß nichts mehr, obwohl es gerade mal kurz nach neun Uhr morgens war. Wie oft hatte Herr Ohlmann schon darüber lamentiert, wie viel Zeit ihn das Arbeitsleben koste und wieviel sinnvolle Dinge er tun könne, wenn er nicht sinnlos in seinem Büro herumsitzen müsse, nur um den langweiligen Vorgaben der Stechuhr gerecht zu werden. Nun aber, da er mit ärztlichem Einverständnis tun und lassen konnte, was er wollte, vorausgesetzt es schadete seiner Gesundheit nicht, fühlte Herr Ohlmann sich leer und orientierungslos. Nicht einmal der Kopf schmerzte ihn, obwohl er doch am Vorabend so ausgiebig getrunken hatte. Gerne hätte er sich jetzt einfach in sein Büro gesetzt und ausgeruht – aber im Krankenschein saß man, sofern man als rechtschaffen gelten wollte, nicht am Arbeitsplatz herum und ruhte sich aus. Gerne hätte er auch nachgesehen, wie es Molly erginge, denn er befürchtete, seine Frau würde gerade heute ihre Androhung, sie wegzugeben, in die Tat umsetzen. Doch die matte Hoffnung, sie würde es vielleicht doch noch nicht tun oder hätte sich gar eines Besseren besonnen, hielt ihn zusammen mit seiner ohnehin vorhandenen Unlust zurück. Es war, als hätte eine lähmende Unsicherheit von Herrn Ohlmann Besitz ergriffen, die jedwede Handlungsoption bereits im Augenblick des Erwägens als töricht erscheinen ließ. Lächerlich, der nächtliche Gedanke, von nun an ein rauschendes Leben als Schriftsteller zu führen, und an Blödsinn grenzend unausgegoren der Plan, diesem unerreichbaren Ziel durch fadenscheinige Arztbesuche näherkommen zu wollen.

Nachdem Herr Ohlmann mehrmals nacheinander unschlüssig zwischen seinem Auto und dem Amtsgebäude hin- und hergeschlichen war, kam er mit sich überein, es fürs Erste am besten zu finden, ein wenig spazieren zu gehen. So ging er also an einem kalten, aber mittlerweile doch leidlich sonnigen Herbsttag wie ein Tourist durch die Gassen der Altstadt und betrachtete die Bauwerke und die sich um sie umherbewegenden Menschen mit den Augen eines Durchreisenden, der über weitaus mehr Zeit verfügte als ihm lieb war. Aber es gab durchaus etwas zu bestaunen, so hässlich war die Stadt, in der er lebte, weiß Gott nicht. Die gut erhaltene katholische Kirche etwa stammte aus dem sechzehnten Jahrhundert, und auch das Rathaus war nur unwesentlich jüngeren Datums. Herr Ohlmann überlegte sogar, das Heimatmuseum zu besuchen, musste aber zu seiner Überraschung an der Eingangstür feststellen, dass dieses nur an Wochenenden geöffnet hatte. Offen hingegen waren die Pforten des Hallenbades, in dem Herr Ohlmann gerne ein paar Bahnen zur Entspannung gezogen hätte, wenn er denn entsprechend ausgerüstet gewesen wäre. Aber das ließ sich ja ändern – nicht weit entfernt gab es einen Drogeriemarkt, in dem er mit etwas Glück eine Badehose, Duschzeug und vielleicht auch noch ein Handtuch ergattern könnte. Also lenkte er seine nun wieder schnelleren Schritte in diese Richtung, froh darüber, endlich einen Plan zu haben, dessen Umsetzung seinem Tag die durch die Krankmeldung verlorengegangene Struktur zurückgeben würde. Schwimmen barg den grandiosen Vorteil, Zeit zu kosten und dabei noch der Gesundheit zu dienen – was also konnte es an einem verkorksten Morgen wie diesem besseres geben?

Herr Ohlmann hatte den Drogeriemarkt noch nicht erreicht, da machte sich ein anderes, zu seinem Leidwesen wieder unangenehmeres Gefühl in ihm breit: das Gefühl, verfolgt zu werden. Genau genommen war es nicht bloß ein Gefühl. Bereits vor dem Rathaus hatte er aus unbestimmten Gründen um sich geblickt und, nicht weit entfernt, zwei Kinder von etwa zehn Jahren ausgemacht, die, mit den Köpfen eng beieinanderstehend miteinander tuschelten. Dieselben Kinder, ein Junge und ein Mädchen, waren ihm vor der Arztpraxis aufgefallen, und nun, den Drogeriemarkt in Schlagdistanz, standen sie schon wieder hinter seinem Rücken. Das alles mochte, Herr Ohlmann traute üblicherweise durchaus den nüchternen Gesetzen der Mathematik, ein nicht einmal besonders außergewöhnlicher Zufall sein. Dennoch verursachten die beiden Kinder in ihm eine leichte Panik, und er überlegte ernsthaft, ihretwegen seinen Plan zu ändern und auf den Gang in den Drogeriemarkt zu verzichten. Dann aber, vielleicht seinem Stolz geschuldet, gab er sich einen Ruck und ging in den Laden hinein. Duschzeug fand er direkt, aber es fiel ihm schwer, sich unter den vielen bunten Packungen für eine Marke zu entscheiden. Da die Kinder entgegen seiner Vermutung den Drogeriemarkt ebenfalls betreten hatten, mochte Herrn Ohlmanns beschleunigter Herzschlag nicht recht in sein gewohntes Tempo zurückfinden, und auch die Auseinandersetzung mit den unter normalen Umständen gewiss attraktiven Produkten glückte nur oberflächlich. Was, fragte sich Herr Ohlmann, wenn sie ihn tatsächlich aus irgendeinem Grund verfolgten? Wenn sie etwas über ihn in Erfahrung gebracht hatten, das sie neugierig gemacht hatte? Aber was konnte das sein? Soweit sich Herr Ohlmann erinnerte, war er ein unbescholtener Bürger, der, frei von Skandalen und übertrieben gutem Aussehen, eben auch nicht gerade viel von denjenigen Dingen lieferte, die das Interesse seiner Umwelt auf sich zogen. Er war, soviel Selbsterkenntnis musste sein, ein rechter Langweiler, und daran änderte die im Vergleich zum Sündenpfuhl der heutigen Welt geradezu lächerliche Abgabe des Führerscheines am vorangegangenen Abend schlechterdings überhaupt nichts.

Was auch immer der Grund dafür sein mochte – Herrn Ohlmann reichte die Anwesenheit der beiden Kinder, um das Duschzeug, das er gerade in der Hand hielt, mit einer blitzschnellen Bewegung ins Regal zurückzustellen und fluchtartig das Geschäft zu verlassen, ohne weitere Gedanken an die Vorzüge eines Schwimmbadbesuches zu verschwenden. Nach den Kindern schaute er sich sicherheitshalber nicht um. Kinder waren heutzutage zehnmal so gefährlich wie früher, und damals war es schon nicht leicht mit ihnen. Aber heute hatten sie Internet, trugen die Welt rund um die Uhr in ihren Smartphones mit sich herum. Und damit würden sie ihn fotografieren oder gar filmen, und die Fotos und Filme würden sie mit üblen Kommentaren versehen ins Netz stellen, wo sich die Netzgemeinde mit noch übleren Kommentaren über ihn hermachen würde. Es spielte keine Rolle, wobei sie ihn filmten oder fotografierten, niemand würde die aus der Luft gerissenen Anschuldigungen anzweifeln oder gar überprüfen, denn niemand war interessiert daran, auf eine Sensation zu Gunsten der Wahrheit zu verzichten. Ja, die Sehnsucht nach Wahrheit war es, die den Menschen von heute abhandengekommen war, genau wie die Fähigkeit, sich in die Gefühle anderer hineinzuversetzen. Nüchtern betrachtet, verzieh der heutige Mensch sich selbst jeden noch so fatalen Fehler, anderen Menschen hingegen nicht den geringsten. Und das Internet in den Hosentaschen der Kinder, und zu Kindern waren mittlerweile ja auch die Erwachsenen geworden, war die Waffe, mit der man heutzutage ohne mit der Maus zu zucken Existenzen vernichtete.

Inzwischen hatte sich Herr Ohlmann weit genug entfernt, um einen kurzen Stopp zu wagen und sich umzudrehen. Doch was er sah, ließ ihm das Blut in den Adern gefrieren: Keine zwanzig Meter hinter ihm standen der Junge und das Mädchen und hatten ein Mobiltelefon in der Hand. Den Arm hoch über ihre Köpfe gestreckt, hielten sie das Höllengerät in seine Richtung. Kein Zweifel, sie hatten es auf ihn abgesehen, warum auch immer, es änderte nichts an der Tatsache, dass Herr Ohlmann fliehen musste. Also floh er, wie es sich für einen Herrn in seiner Position noch ziemte, ohne zu rennen, ohne die Straßenseiten grundlos hin und herzuwechseln, aber doch mit abrupten und originellen Ideen der unauffälligen Verfolgerabschüttlung. Die beste davon kam ihm, dem getauften Protestanten, am unverschlossenen Nebeneingang einer katholischen Kirche, den er mit einer beiläufigen Spontaneität durchschritt, die er sich in vergangenen Lebenssituationen gerne gewünscht hätte. Im Beichtstuhl hockte er längst, bevor die Kinder auch nur gemerkt haben konnten, dass er in das Gotteshaus hineingegangen war, und dem Pastor, der ihm dort mit flüsterndem Verständnis begegnete, erzählte er von seiner öffentlichen Masturbation. Im Grunde war es ein gutes Gespräch mit dem Geistlichen, dem anscheinend nichts Menschliches fremd war, doch ein wenig störte Herr Ohlmann sich an der Tatsache, dass der Pastor dieses Gespräch nur führte, weil er damit sein Geld verdiente. Und auch er selbst war nicht recht bei der Sache, saß er doch lediglich in diesem Beichtstuhl, um sich vor ein paar dahergelaufenen Kindern zu verstecken.

Dabei hätte seine für einen Sechzigjährigen unter den erschwerten Bedingungen des Alkohols durchaus beachtliche Masturbation wahrlich mehr Aufmerksamkeit verdient gehabt. Also verließ Herr Ohlmann unter der Erwähnung, eigentlich gar kein Katholik zu sein, den Ort des Geschehens und wagte sich sogar ganz aus der Kirche hinaus, wo die Sonne mittlerweile schien und keine Gefahr mehr drohte.

Es gehörte zu den Errungenschaften des fortgeschrittenen Lebensalters, sich eingestehen zu können, wenn man sich getäuscht hatte. Und getäuscht hatte sich Herr Ohlmann in seinem bösen Verdacht, denn von den Kindern fehlte jede Spur. Wie gerne hätte Herr Ohlmann geglaubt, das überraschende Verschwinden der Kinder sei Gottes Werk gewesen, aber vielleicht war es das ja sogar, also sollte er wohl öfters zu dieser Kirche kommen. Eine unsichtbare Macht, die Wunder wirkte und uns mit dem Unterlassen von Wundern zuweilen auch Rätsel aufgab – eine nähere Beschäftigung mit diesem Phänomen sollte in der nun anbrechenden Lebensphase doch möglich sein. Das war für einen Ruheständler angemessen spirituell, aber doch auch handfest traditionsverhaftet, und nicht so ein esoterischer Unsinn, wie der in Yogakursen für teures Geld verkaufte Mittagsschlaf. Herr Ohlmann begann eben wieder damit, sich gut zu fühlen und über die abermalige Vorbereitung eines Schwimmbadbesuches nachzudenken, da begegneten ihm die Kinder erneut. Wie vorhin hatten sie ihr Smartphone in seine Richtung erhoben, filmten ihn und übertrugen das Gefilmte mit hämischen Kommentaren in die Welt hinaus. Zumindest war das die Interpretation Herrn Ohlmanns, den nun keine Macht der Welt mehr daran hindern konnte, offen in Panik auszubrechen. Es gab eben Momente, in denen war es schlichtweg unangebracht, die Ruhe zu bewahren, und dies war einer davon. Also rannte Herr Ohlmann los, zum Nebeneingang der Kirche hinein, zum Hauptportal heraus, dann eine abschüssige Gasse hinab, die kurz genug für ihn war, um sie noch rennend durchzustehen. Am Ende der Gasse eine Querstraße mit Straßenbahnlinie, der Himmel hatte die Tram geschickt, und der Teufel den Fahrkartenkontrolleur, der dem im glücklich ergatterten Sitz noch keuchenden Herrn Ohlmann die launige Frage nach dem Ticket unter die Nase rieb.

Herr Ohlmann fand berechtigterweise, dass er augenblicklich zu erschöpft war, um auf diese Frage direkt eine Antwort zu geben. Sonderbar, dem Pfaffen etwas von Masturbation zu erzählen, was nichts als eine Verrichtung zwingender menschlicher Notwendigkeiten war, und nun, vor dem Fahrkartenkontrolleur, dem eigentlichen Beichtvater, ein Bekenntnis ablegen zu müssen, das mindestens fürs Fegefeuer ausreichen musste. Was sollte er ihm sagen? Dass er geradewegs von der Beichte gekommen war und vor zwei harmlosen Kindern hatte fliehen müssen? Sollte er, was möglich war, da die Bahn alle fünfhundert Meter anhielt, im Stile eines jugendlichen Drogendealers nach draußen stürmen und seine Flucht fortsetzen? Einen Herzanfall simulieren, um das Mitleid des gestrengen Herrn zu gewinnen? All dies war nicht die Art des Herrn Ohlmann, der also das Wort ergriff: „Ich bin noch nicht dazu gekommen, mir einen Fahrschein zu kaufen." „Sie sind noch nicht dazu gekommen, sich einen Fahrschein zu kaufen", wiederholte der Fahrkartenkontrolleur in einem unsäglich befriedigten Tonfall, der in Verbindung mit seiner ebenso unsäglich lauten Stimme den Rest des Wagons dazu brachte, in Herrn Ohlmanns Richtung zu starren. Was für ein armer Tropf war doch dieser Kontrolleur, der nichts zu tun und zu melden hatte, außer sich von unschuldigen Menschen die brav gekauften Fahrkarten zeigen zu lassen oder Schuldige zusammenzustauchen und im schlimmsten Fall von diesen dann auf die Fresse zu bekommen. Aber als gefährlich schien er Herrn Ohlmann nicht einzustufen, denn er richtete sich nun zu voller Größe auf und belehrte ihn über das Ausmaß der wohl unvermeidbaren Strafe. Hätte er dies in einem angemessenen Ton getan, hätte der ehemalige Staatsdiener Ohlmann gewiss klaglos akzeptiert. Aber die Show, die der Uniformierte abzog, die Bühne, die er brauchte – das machte Herrn Ohlmann so zornig, dass er aufstand und mit einem zischenden Fluch auf den Lippen die Bahn verließ, ohne dem verdutzten Kontrolleur seine Personalien hinterlassen zu haben. Ob der ihm aus dem weiterfahrenden Triebwagen noch etwas hinterherrief, entging Herrn Ohlmanns freilich auch nicht mehr auf der Höhe ihrer Leistungsfähigkeit agierenden Ohren. In der Tat hatte ihn die Bahnfahrt gerade mal eine einzige Haltestelle weitergebracht – und damit noch lange nicht aus der Gefahrenzone. Und in der Tat war es erneut eine Handvoll Kinder, in die Herr Ohlmann hinter der nächsten Hausecke geradewegs hineinlief, als habe das Schicksal heute Übles mit ihm vor. Zwar waren es nicht die Kinder von vorhin, aber sie trugen im Unterschied zu denen nicht nur eines, sondern gleich mehrere Smartphones in ihren Händen, die sie bedrohlich auf Herrn Ohlmanns Brust gerichtet hatten. Der kehrte auf dem Absatz um, jegliche Gelassenheit nun endgültig vermissen lassend, und rannte die Straße zurück, nur um dort einem achtjährigen Jungen zu begegnen, der, und an dieser Stelle musste Herr Ohlmann ein Stoßgebet unterdrückend mit den Tränen kämpfen, ein Smartphone in seinen jungen Fingern trug. War dies das Ende der Welt? Die kindliche Hand, die, einst Schläge austeilend, Steine werfend und heimlich nicht für sie bestimmte Substanzen probierend, sich nun einem elektronischen Kleingerät hingab, mit dem sie sich selbst, den Rest der Menschheit und allen voran Herrn Ohlmann vernichtete? Sollte dies der Plan der Schöpfung sein?

Obwohl es Herr Ohlmann unter gewöhnlichen Umständen geliebt hätte, sich über derlei Phänomene gedanklich auszulassen, gebot ihm die Bedrohlichkeit seiner Lage, nach einem Ausweg zu suchen. Den fand er, dem Himmel dankend und die Rückkehr zum traditionellen Glauben gelobend, in einer Ladentür, die er ohne weiteres Nachdenken durchschritt, während die Kinder, auf dieses für Herrn Ohlmann so überlebenswichtige Ereignis so gar nicht achtend, auf der Gasse ihrer Wege gingen und dabei in die Displays ihrer Smartphones starrten.

Herr Ohlmann bekam davon überhaupt nichts mit, denn Herr Ohlmann wagte nicht, den Blick zu wenden. Das einzige, was zählte, war die Zukunft, also musste er nach vorne schauen. Und wenn er nach vorne schaute, und mehr als die Augen half ihm seine Nase dabei, die wertvollsten Informationen zusammentragen, dann konnte Herr Ohlmann bereits nach wenigen in der neuen Umgebung verbrachten Sekundenbruchteilen eines mit Gewissheit feststellen: In diesem Raum roch es zweifelsfrei nach Brot.

Kapitel 14

Als Herr Ohlmann noch ein kleiner Junge war, hatte es neben dem Postamt, in dem sein Vater seinen Dienst verrichtete, noch einen zweiten Ort gegeben, an dem er einen Hauch jenes großen Glücks verspürte, das einem ein Leben als Erdenmensch bescheren konnte. Der Ort war eine Bäckerei, klein zwar, aber allein von außen schon derart bezaubernd, dass es eine herausragende kindliche Freude bereiten musste, den Fuß über die Schwelle dieses an ein in die Jahre gekommenes Hexenhäuschen erinnernden Gebäudes zu setzen. Mit dem Vater war er manchmal dort hingegangen, zumeist samstags, da die Idee, Backwaren auch sonntagsmorgens anzubieten, seinerzeit noch keine gesellschaftsfähige Mehrheit besaß. Die kleine Bäckerei, deren Namen Herrn Ohlmann mit der Zeit leider entfallen war, schloss bereits nach wenigen Jahren wieder, doch der Eindruck, den sie bei ihm hinterlassen hatte, sollte sich als bleibend erweisen. So gehörte der abertausend Köstlichkeiten verheißende Geruch beim Betreten des engen Verkaufsraumes zu den sinnlichsten Erfahrungen seiner Kindheit. Und dann gab es da noch die fantastischen Milchbrötchen, das bodenständige Bauernbrot und den unermesslich reich belegten Streuselkuchen, den der Vater manchmal schon zum Frühstück präsentierte. Es war, und dieser Vergleich mutete selbst mit den Jahren der üblicherweise relativierend wirkenden Lebenserfahrung alles andere als übertrieben an, ein Paradies gewesen, das wie jedes Paradies unserer Erdenwelt einmal enden musste.

Nun war Herr Ohlmann also auf der Flucht vor den Kindern der digitalisierten Epoche in einer Bäckerei gelandet, die er zuvor noch nie betreten hatte. Nicht einmal Notiz genommen hatte er von dieser Bäckerei, denn sie lag in einem Teil der Stadt, dem er in seinen üblichen Wegen selten näherkam. Und von seinen üblichen Wegen pflegte Herr Ohlmann noch viel seltener abzuweichen. Vielleicht hatte ja alles seinen Sinn, vielleicht gab es gar einen höheren Plan hinter allen Geschehnissen, aber dass Herr Ohlmann über ein halbes Jahrhundert darauf warten musste, wieder in eine annähernd so zauberhafte Bäckerei wie damals zu kommen, irritierte ihn mehr als er sich eingestehen mochte. Warum faszinierte ihn dieser Laden so? Herr Ohlmann, der auch in emotionalen Situationen nicht von seiner analytischen Vorgehensweise abzurücken pflegte, ließ das Auge schweifen. Der Verkaufsraum war nicht besonders groß, wenngleich doch größer als damals, obwohl die Erinnerung auch trügen konnte. Den Fußboden hatte man mit etwas altbackenem PVC belegt, wie überhaupt ein paar Gegenstände in diesem Raum an längst vergangene Zeiten erinnerten. Die Wanduhr zum Beispiel, die mit verschnörkelten Zeigern vor sich hin tickte, gerade so, wie es die Zeiger der Uhr in Herrn Ohlmanns Elternhaus getan hatten, und auch der eingerahmte Meisterbrief, der auf den 31. Mai des Jahres 1955 datiert war. Es schien sich also um ein kleines, aber robustes Familienunternehmen zu handeln, das sich seit mehreren Generationen zur Zufriedenheit der Bewohner dieses Viertels am Markt behauptete. Unglaublich, noch nie von diesem Laden gehört zu haben, aber wenn Margret von ihrem Mann erwartete, dass er immer direkt nach der Arbeit nach Hause kam, wie sollte er dann die Schönheiten eines solchen Ortes kennenlernen? Hatte man ihn gar bewusst von hier ferngehalten?

Verschwörungstheorien waren, auch wenn sie sich hier beinahe aufdrängten, nicht Herrn Ohlmanns Sache, also beschränkte er sich darauf, seiner eigenen Faszination auf den Grund zu gehen, die sich nur zum Teil aus der Art und Weise speiste, in der diese Bäckerei aus der Zeit gefallen schien. Eine andere, möglicherweise wichtigere Besonderheit lag in der Tatsache, dass sich Herr Ohlmann völlig allein im Verkaufsraum befand. Dies bedeutete nicht nur, dass er als einziger Kunde vor der mit reichlich frischem Backwerk aufwartenden Glasvitrine stand, sondern auch, dass er der einzige Mensch im gesamten Raum zu sein schien. Hinter der Backtheke stand keine Verkäuferin, und auch die offenstehende Tür zum Personalraum dahinter gewährte keinen Blick auf ein menschliches oder wenigstens menschenähnliches Wesen. Gewiss wäre es möglich gewesen, in wenigen Schritten mit ein paar gleichsam leckeren wie gestohlenen Kaffeestückchen durch die Ladentür nach draußen zu verschwinden, ohne dafür belangt zu werden. Wer seinen Laden nicht hütete, war schließlich selbst schuld, wenn er am Ende des Tages nicht mehr alle Münzen in der Kasse hatte. Aber er wollte das nicht. Herr Ohlmann wollte erst einmal in diesem Laden bleiben und den Schutz genießen, den der ihm vor dem hektischen und nervenaufreibenden Treiben bot, welches sich außerhalb abspielte.

Nach wenigen Minuten betrat ein zweiter Kunde den Raum, reihte sich schweigend hinter Herrn Ohlmann ein und stellte damit klar, dass fortan nur noch nach vorne geblickt werden durfte. Dieser Blick fiel Herrn Ohlmann nicht schwer, denn vorne lagen die süßen Dinge des Lebens, und noch weiter vorne, in einem mehrstöckigen Regal, das Brot, um das der Herrgott sonntäglich gebeten wurde, in allerlei Variationen. Herr Ohlmann bemühte sich, die Namen der Brotsorten und die darunter notierten Bestandteile zu entziffern, was ihm trotz Brille nur gelang, indem er seine Lenden dicht an die Glasvitrine presste. Er staunte über die Kreativität des unbekannten Bäckers, der mehr als zwanzig Sorten helles und dunkles, körniges und gestäubtes Brot in großen und kleinen, natürlich aussehenden Laiben hergestellt hatte und dachte, während die Ladentür abermals klingelte und den Eintritt eines weiteren Kunden vermeldete, an Deutschland, sein grünes und brotreiches Vaterland. Früher war er mit Margret gerne mal nach Frankreich in Urlaub gefahren, vielleicht weil Franzosen in den Augen der frankophilen Deutschen etwas Leichtes und Begehrenswertes an sich hatten, und Herr Ohlmann damals wohl hoffte, diese Eigenschaften würden sich durch regelmäßige Aufenthalte dort auf ihn übertragen. Aber das war eine Fehleinschätzung, überhaupt hatte er sich rückblickend wohl nur eingebildet, etwas an Frankreich zu finden, denn objektiv hatte das Land außer Wein und einer Unmenge an Atomkraftwerken nur eine gewisse Besonnenheit im Umgang mit Blechschäden an Automobilen zu bieten. Darüber hinaus gab es Baguettes und Croissants, aber das war es auch schon, und selbst wenn Herr Ohlmann eine leichte Sympathie für den Geschmack dieser kalorienreichen Produkte nicht leugnen konnte, so drückte ihre Monopolstellung an den dortigen Backtheken doch eine Armut aus, die Herr Ohlmann überwunden zu haben hoffte.

Auch hier und heute lagen sehr appetitlich aussehende Baguettes und Croissants in der Auslage, aber sie lagen eben nicht alleine, sondern als Bestandteil einer Vielfalt, und drückten somit etwas aus, was ihnen in einer französischen Bäckerei nicht gelungen wäre. Das war Reichtum, erarbeiteter und auf Ideen basierender deutscher Reichtum, für den man sich gegenüber den anderen Staaten nicht schämen musste, Afrika und sonstige arme Gegenden einmal ausgenommen. Wieder und wieder ertönte die Ladenglocke, und nie klang es danach, als verließe einer der in der Schlange Wartenden den Raum nach draußen. Aber drinnen, wo sie sich hinter ihm versammelten, schwiegen sie allesamt, und niemand brachte auch nur einen verschämten Gruß zuwege. Herr Ohlmann wagte nicht, sich umzudrehen, denn er fürchtete Begegnungen mit Menschen, denen er um diese Zeit und an diesem Ort nicht begegnen wollte. Da war es sicherer, den Blick stetig nach vorne zu halten, die Attraktivität der feilgebotenen kalorienreichen Produkte höher zu schätzen als die möglicherweise vorhandene Attraktivität der in der Schlange wartenden Personen hinter ihm. Wer auch immer sie waren, sie hatten seine Missachtung verdient, denn der Ort gehörte ihnen nicht und diente lediglich der unpersönlichen Allgemeinheit, sofern diese an Nahrungsaufnahme interessiert und zahlungsfähig war.

Unbehagliche Minuten vergingen, in denen die Ladenglocke noch mehrmals bimmelte, schweigende Unbekannte den Raum betraten und sich schwer atmend hinter Herrn Ohlmann einreihten, Hämorrhoiden quengelnden Kindern gleich nach Aufmerksamkeit verlangten und eine spätherbstliche Wespe schwächlich an der Glasvitrine umherkrabbelte, als etwas geschah, das Herrn Ohlmanns Aufmerksamkeit blitzartig in neue Bahnen lenkte: Eine Frau betrat den Raum. Dies für sich genommen war ein ganz und gar gewöhnliches Ereignis, zumal die Frau, der man es zunächst gar nicht anhörte, eine Frau zu sein, wie jeder andere auch durch die bimmelnde Ladentür hineinkam, dann aber das Schweigen brach und unter fröhlichem Grüßen an der Schlange vorbeischritt, um sogleich, Herrn Ohlmann Auge in Auge gegenüberstehend, die Frage zu stellen, womit sie dem Kunden denn eine Freude bereiten könne. Dieses Ereignis war derart unerhört, dass Herr Ohlmann, dessen übliches Verhalten an Backtheken sowie in anderen Verkaufssituationen sich auf die grundsätzlich unspektakulären Vorgänge bestellen, bezahlen und Land gewinnen beschränkte, nichts tun konnte, als schweigend um Luft und Worte zu ringen. Eine Verkäuferin, die ihre Kunden minutenlang warten ließ, um ihnen anschließend, frei von Rechtfertigungszwängen, in bedingungsloser Herzlichkeit zu begegnen, erschien ihm faszinierend und beängstigend zugleich. Beängstigend, weil sie über eine innere Stärke zu verfügen schien, die er selbst niemals besessen hatte, und faszinierend, weil die Freundlichkeit dieser Frau so ganz und gar im Kontrast zur vermuteten Befindlichkeit der schweigend wartenden Schlange stand. Zudem faszinierte diese Frau, und Herr Ohlmann war gewiss nicht der Typ Mann, der dieses Charakteristikum laut nach außen posaunend an erster Stelle nennen würde, durch ihre Schönheit.

Ja, die Frau war schön. Schöner als Margret und schöner als alle anderen Frauen, die schöner als Margret waren, und das waren nicht wenige. Daher war es für Herrn Ohlmann auch durchaus gewöhnlich, einer schöneren Frau als Margret gegenüberzustehen. Weil dies so normal für ihn war, dachte er in diesen zahllosen Fällen so gut wie nie darüber nach, ja bemerkte meistens nicht einmal die Schönheit der schöneren Frauen, wollte sie womöglich gar nicht bemerken, weil dies Kritik an seiner eigenen Partnerinnenwahl bedeutet hätte. Freilich keine von anderen ausgesprochene Kritik, sondern mehr eine innere, lautlose Kritik, die mit teuflisch säuselnder Stimme die stets verdrängte Angst bediente, das eigene Leben falsch gelebt zu haben. An guten Tagen, und er hatte ein paar von ihnen gehabt, gelang es Herrn Ohlmann, diese Stimme zu überhören, ihr keinen Raum zu geben, obwohl er doch wusste, dass er niemals Gewissheit darüber erlangen würde, dass sie nicht doch die Wahrheit verkündete. An schlechten Tagen aber, und wie anders sollte der heutige Tag bezeichnet werden, konnten harmloseste Gesten oder Äußerungen Herrn Ohlmanns Welt zum Einstürzen bringen, was er freilich nach außen hin überspielte, denn niemanden außer Margret und Molly ging es etwas an, was er, der alternde Langweiler, tatsächlich dachte.

Im Falle der Bäckereiverkäuferin, der Herr Ohlmann seit mehreren Sekunden eine Antwort schuldete, und die an ihn gerichtete Frage war beim besten Willen nicht als schwierig zu bezeichnen, verhielt es sich anders. Die Schönheit dieser Frau löste in Herrn Ohlmann nicht den geringsten Gedanken an Margret und somit auch nicht das geringste Rechtfertigungsbedürfnis aus. Die Schönheit dieser Frau, dieses Weibes von Frau, war absolut. Sie mit Margret oder irgendeiner anderen Frau zu vergleichen wäre ebenso töricht, wie Wasser mit der Sonne zu vergleichen, oder den Papst mit einer seltenen Singvogelart. Es ließ sich nicht einmal sagen, dass diese Frau in einer anderen Liga spielte oder gar eine andere Sportart betrieb – alleine sie in Bezug zu irgendjemandem oder irgendetwas zu setzen wäre falsch, nein, mehr als falsch, da ihre Aura jedweden Gedanken an alles außerhalb ihrer selbst unmöglich machte. Zumindest empfand das Herr Ohlmann so, der erst wieder zu sich kam, als ihn die Verkäuferin mit weiterhin freundlicher Miene auf englischer Sprache nach seinen Wünschen befragte. „Yes", rief Herr Ohlmann aus, nun doch ein wenig beschämt darüber, ertappt worden zu sein, „I speak german." Und das tat er dann auch: „Ich möchte", hob er an und spürte seinen Herzschlag hart im Halse, „Ihnen zunächst einmal ein Kompliment machen. Sie haben derart verlockende und Beglückung verheißende Brotsorten im Regal, dass es mir schwer fällt, einen klaren Gedanken zu fassen." „Danke, ich werde das Lob gerne weiter geben. Welche Sorte darf ich Ihnen denn anbieten?" „Ich überlege", fuhr Herr Ohlmann fort, „ob es der richtige Weg wäre, eines dieser Brote käuflich zu erwerben. Vielleicht sollte ich sie besser einfach nur ansehen." „Gibt es ein Brot", hakte die Verkäuferin nun ihrerseits nach, „das Ihnen besonders gut gefällt?" „Alle gefallen mir ganz außerordentlich gut", gab Herr Ohlmann zur Antwort, „denn alle gehören zu ein und demselben Gesamtbild. Ich befürchte aber, wenn ich eines der Brote aus seinem angestammten Platz im Regal herausrisse, litte es Schaden. Es wäre", fügte er hinzu und erschrak ein wenig ob des ungehörigen Vergleiches, „wie wenn ich einem schönen Menschen ein Körperteil abschneiden würde und dabei die Erwartung hegte, er würde es nicht spüren."

Die Frau sah Herrn Ohlmann wissend an. Zweifellos hatte sie bemerkt, wie sehr sie ihm den Kopf verdreht hatte. Wahrscheinlich war es für sie völlig normal, auf Männer zu wirken, aber ob sie viele Verehrer ihr Eigen nannte, die bei ihrem Anblick rein gar nichts mehr auf die Reihe bekamen? Während sich in Herrn Ohlmanns Kopf langsam ein Bewusstsein dafür ausbreitete, wie unendlich peinlich sein pubertär verliebter Auftritt vor der versammelten Kundschaft gewesen sein musste, schritt die Verkäuferin zur Tat, griff nach einem besonders gelungenen Brotlaib, wickelte ihn in Papier und schrieb mit einem Bleistift etwas darauf. „Ein Geschenk des Hauses", sagte sie, als sie ihm das Brot über den Tresen reichte. „Auf dem Papier finden Sie unsere Telefonnummer. Geben Sie einfach mal Rückmeldung, wie Ihnen das Brot geschmeckt hat." Herrn Ohlmann raubte es den Atem, zu sehen, dass die Frau eine Handynummer aufgeschrieben hatte. Ihre Privatnummer? Die des Bäckers? Kaum noch zu Dankesworten fähig, klemmte er den warmen Laib unter den Arm und zwang sich, die Augen von der Verkäuferin zu lösen. Es war alles gesagt und alles getan, was in einer Bäckerei getan und gesagt werden konnte. Nun würde er sich umdrehen und an der Schlange vorbei nach draußen gehen müssen, was auch immer ihn dort erwarten würde.

In der Sekunde, in der sich Herr Ohlmann umwandte und sein beschämtes Gesicht den hinter ihm stehenden Menschen offenbarte, fiel es ihm schwer, unter der Last der erlebten Blamage nicht zusammenzubrechen. Ein Loch im Erdboden wäre ihm jetzt sehr gelegen gekommen, aber da war keines, nur ein paar Kratzer im verlegten PVC. Warum zum Teufel hatte er nicht einfach ein Brot bestellen und wieder verschwinden können? Immer hatte er es so gemacht, und immer wurde ihm ein freundliches „Schönen Tag noch" hinterhergerufen. Und nun, da er mit seinen sechzig Jahren im Herzen der Gediegenheit seinen Platz gefunden hatte, verhielt er sich auf einmal wie ein junger Gockel, der zum ersten Mal eine Henne unter sich hatte. Sollte dies das Ergebnis eines jahrelangen Reifeprozesses sein? Die vielgerühmte Altersweisheit? Herr Ohlmann überlegte, ob er noch ein paar ablenkende Worte an sein stilles Publikum richten sollte, als er bemerkte, dass die Schlange stehenden Menschen überhaupt keine Notiz von ihm genommen hatten. Einer wie der andere, neun Stück an der Zahl, schauten sie mit nach unten geknicktem Schädel auf ihre Smartphones, konzentriert genug, um die Geschehnisse in der Bäckerei problemlos auszublenden, solange sie selbst nicht an der Reihe waren. Wenn nicht bald eine neue Erfindung gemacht werden würde, dachte Herr Ohlmann, würde der mühsam aus den affenartigen Formen der Urzeit emporgerichtete Homo Sapiens Sapiens wieder den gebeugten Weg einschlagen, denn das Smartphone verlangte den Blick zum Erdmittelpunkt. Zum ersten Mal in seinem Leben verspürte Herr Ohlmann eine aufrichtige Dankbarkeit gegenüber dem Hang seiner Zeitgenossen zu den digitalen Medien. Wie schön, dass sie ihn nicht beachtet hatten. Und wie verlockend, diesen Tatbestand auszunutzen und noch einmal zu der Verkäuferin zurückzukehren. Sie küssen, wäre eine gute Idee, aber Herr Ohlmann widerstand und verließ den Laden. Als er schon in der Tür stand und das Glöckchen seinen Auszug bimmelnd begleitete, wandte er sich doch noch einmal um, um einen letzten Blick an die Theke zu erhaschen. Die Verkäuferin bediente ihren nächsten Kunden, der, einer entsprechenden App sei Dank, Sekunden zuvor auf elektronischem Weg darüber in Kenntnis gesetzt worden war, dass er an der Reihe war. Vor der Tür, wo es, warum auch immer, wieder regnete, beschleunigte Herr Ohlmann seinen Schritt, hastete zur nächsten Straßenbahnhaltestelle, kaufte sich einen Fahrschein, fuhr in die Nähe seines so gut wie ehemaligen Arbeitsplatzes und von dort verbotenerweise mit dem Wagen nach Hause, wo ihn Margret mit den Worten: „Salve Caesar" empfing.

Kapitel 15

Nie zuvor hatte Margret die Worte „Salve Caesar" zu ihm gesagt, weswegen es gewiss interessant gewesen wäre, sie nach dem Grund für diese außergewöhnliche Begrüßung zu fragen. Aber das tat Herr Ohlmann nicht, denn er war klug genug, die Freundlichkeit, mit der seine Frau gesprochen hatte, als Zeichen der Versöhnung zu deuten, welches keiner näheren Erläuterung bedurfte. Stattdessen besann er sich auf traditionellere Tugenden, warf sich seiner Frau in die Arme, küsste sie auf eine die Zunge beanspruchende Art, wie er es lange nicht getan hatte, und fand sich wenig später, nach erfolgreich ausgetauschten Körpersäften, neben seiner nackten Gattin wieder, die den Rauch ihrer Zigarette gen Zimmerdecke blies – eine Decke übrigens, die, wie Herr Ohlmann still konstatierte, einen neuen Anstrich durchaus gebrauchen könnte. Margret hatte ihm also verziehen, aber wusste sie überhaupt, was genau sie ihm zu verzeihen hatte? Konnte sie die Anzahl seiner Verfehlungen auch nur ungefähr benennen?

Auf der Ahnungslosigkeit einer liebenden Ehefrau basierte so manches verdorbene Doppelleben, aber hier und heute konnte Herr Ohlmann derlei Ahnungslosigkeit nicht ertragen. Er würde mit Margret reden müssen, ihr reinen Wein einschenken und hoffen, dass ihre gegenwärtige Milde dadurch nicht getrübt würde. Er zog sich an, ging ins Wohnzimmer, wo er den offenen Kamin anheizte, um für seine schlechten Botschaften wenigstens eine gute Atmosphäre zu schaffen. Dann rief er Margret, die, wie es nach dem Koitus ihrer Art entsprach, zunächst noch ein paar Minuten weich und warm dahingedämmert hatte. Ihr Leben mochte er haben, dachte Herr Ohlmann oft, der Haushalt, das

Fernsehen und das Bett, von Molly einmal abgesehen, deren Versorgung ohnehin größtenteils seine eigene Aufgabe war. Während ihm diese Gedanken in den Sinn kamen, füllte er Mollys Näpfe, woraufhin die Hündin sogleich von irgendwoher angeschossen kam und mit lautem Kiefer zu knabbern begann, bar jeder Angst vor ihrer längst beschlossenen Abschiebung. Vielleicht würde Margret von dem Vorhaben wieder abrücken, wenn er oft genug mit ihr schlief? War sie vielleicht schon davon abgerückt? Herr Ohlmann würde sie besser nicht danach fragen. Schlafende Hunde …

Als Margret den Raum betrat, loderten die Kaminflammen bereits mächtig auf. Herr Ohlmann überlegte, eine Flasche Wein zu öffnen, aber er entschied sich dagegen, obwohl die schon wieder rauchende Margret selten etwas gegen sinnliche Freuden einzuwenden hatte. Aber es war erst früher Nachmittag, und Herr Ohlmann wollte seiner Frau nicht das Gefühl geben, es wäre irgendetwas nicht in Ordnung. Aber war es das denn? Also doch Wein, warum auch nicht. Margret setzte Tee auf. Herr Ohlmann holte Tassen und Untertassen aus dem Schrank und stellte sie beinahe ebenso liebevoll auf das hübsche Tischdeckchen, wie er es am vorangegangenen Abend in Erwartung seiner aus dem Yogakurs zurückkehrenden Frau getan hatte. Es war höchste Zeit zu reden.

„Margret, ich habe nachgedacht." „Worüber?" Natürlich, sie fragte „worüber", weil sie immer alles ganz konkret wissen musste. Dabei hatte er in Wahrheit überhaupt nicht nachgedacht. „Über uns." Dieser Dialog konnte nur noch schiefgehen. Trotzdem musste er geführt werden. Vielleicht, weil auch die Lüge ein Recht darauf hatte, geäußert zu werden. „Margret", seufzte er sich schwer in den nächsten Satz hinein, „ich habe ein paar Dummheiten gemacht. Ich habe …". Die Türglocke läutete.

Unpassendes Geräusch. Margret nippte an ihrem Tee und machte keine Anstalten, zur Tür zu gehen. Er würde gehen müssen, wahrscheinlich, weil es Männersache war. Seit achthundert Jahren ging er immer zur Tür, wenn es klingelte, und nie in dieser langen Zeit hatte er hinterher einmal das Gefühl gehabt, es hätte sich gelohnt zu öffnen. Nachbarn, Paketlieferungen, Zählerableser. Nie hatte der liebe Gott vor der Tür gestanden und ihm das Paradies geboten, und erst recht hatte kein Mensch um Einlass gebeten, der, frei von allen Hintergedanken, bedingungslose Freundschaft brachte. Trotzdem öffnete Herr Ohlmann immer wieder, kindlich naiv, ohne der irrigen Vorfreude auf seinen unbekannten Besucher komplett abschwören und sie einer realistischeren Erwartungshaltung weichen lassen zu können.

Vor der Tür standen die Zeugen Jehovas. Herr Ohlmann erkannte sie an den Zeitschriften „Wachtturm" und „Erwachet", der feinen, aber doch aus der Zeit gefallenen Kleidung, sowie dem freundlichen Lächeln, das ihm der Herr und die Dame mittleren Alters schenkten, während er sie verständnislos und wahrscheinlich auch ein wenig wütend anblickte. „Wir möchten Sie fragen, ob es für Sie in der heutigen Zeit noch Sinn macht, über Gott zu reden?" Die Frage war freundlich formuliert und trotzdem heimtückisch. Jede Antwort, die Herr Ohlmann darauf geben würde, würde falsch sein, denn er würde zwangsläufig mit der Stimme der verdorbenen Welt sprechen, die dem Untergang geweiht war. Sein Zorn darüber, durch den unnötigen Besuch in seiner an Margret gerichteten Rede unterbrochen worden zu sein, legte eine schroffe Antwort nahe, und Herr Ohlmann setzte bereits zu einer solchen an, überlegte es sich dann aber anders und schloss mit den Worten „Ich muss darüber nachdenken" die Tür. Das heißt, er wollte sie schließen, brachte es aber nicht zuwege, weil eine Hand oder ein Fuß dies verhinderten. „Lass doch die Dame und den Herrn eintreten, Hans Heinrich", gab sich Margret als Besitzerin der die Tür offen haltenden Extremitäten zu erkennen, und lächelte den unwillkommenen Besuchern beinahe ebenso unheimlich zu, wie diese es immer noch taten. „Möchten Sie einen Tee?" Die beiden lehnten ab, folgten Margret aber zielstrebig ins Wohnzimmer und stellten sich dort in einen dem Esstisch etwas abgewandten Winkel, als sei es irgendeine Straßenecke in der Innenstadt.

Nach einigen Sekunden des peinlich berührten Verharrens war es Herrn Ohlmanns Frau, die ihre Besucher mit einem aufmunternden Nicken dazu brachte, ihre eingangs gestellte Frage zu wiederholen. „Nein", sagte Margret schließlich und zündete sich eine abermalige Zigarette an, „es macht natürlich keinen Sinn. Versetzen Sie sich doch mal in Gott. Warum sollte er wollen, dass wir über ihn reden?" „Gott will, dass wir gerettet werden, indem wir an seine Schriften glauben." „Ach, jetzt machen Sie aber mal einen Punkt", schimpfte Margret. „Warum sollte Gott das tun? Warum sollte er uns erschaffen, nur um uns hinterher elendig zu vernichten, wenn wir seine blumigen Schriften nicht für bare Münze nehmen? Warum sollte Gott so eifersüchtig sein? Wäre das nicht kindisch? Wäre das nicht viel zu menschlich?" „Es ist gut", entgegnete die Zeugen-Jehova-Frau mit einem beinahe gruseligen Grinsen, „dass Sie Fragen stellen. Wer Fragen stellt, ist bereit für die Wahrheit. Hier", sie deutete auf die beiden Zeitschriften, „finden Sie alle Antworten. Besuchen Sie uns in unserem Königreichsaal." „Gerne", antwortete Margret zu Herrn Ohlmanns grenzenloser Überraschung, „aber nun lassen Sie uns gemeinsam Yoga machen." „Du machst wirklich Yoga?", entfuhr es Herrn Ohlmann, und er blickte seine Frau auf eine Weise an, die an eine Mischung aus Bewunderung und Angst erinnerte. „Ich meine, du bist doch viel zu intelligent für diesen esoterischen Quatsch. Und dieser Guru in der Gesundheitsstube für ganzheitlich Orientierte hat ja wohl nicht mehr alle Latten am Zaun, wenn du mich fragst." „Woher kennst du Rainer?", fragte Margret. „Wir sollten", ergriff der Herr im grauen Anzug wieder das Wort und lächelte dabei nicht minder penetrant, „verstehen, dass Gott uns den einzigen Weg gewiesen hat. Wir müssen ihn nur gehen." „Das stimmt", antwortete Margret, und Herr Ohlmann glaubte seinen Ohren nicht zu trauen, „wir müssen alle einmal sterben. Und deshalb machen wir nun zusammen Yoga. Bitte erheben Sie sich."

Herr Ohlmann erhob sich als einziger, denn die beiden Zeugen Jehovas standen bereits. Da schoss Molly in die Runde, schnappte sich den „Wachtturm" und rannte damit wie wildgeworden durch das Wohnzimmer. Der Mann im grauen Anzug stürzte hinterher, während die Dame im grauen Rock Herrn Ohlmann böse anfunkelte. „Warum grinsen Sie nicht mehr?", hätte er sie gerne fragen wollen, oder auch: „Macht es in unserer heutigen Zeit noch Sinn, über Hunde zu sprechen?". Aber er riss sich zusammen und rief stattdessen Molly in autoritärem Ton zu sich, nahm ihr den „Wachtturm" ab und händigte ihn der nun wieder grinsenden Dame aus. „Molly ist immer schon sehr an religiösen Dingen interessiert gewesen", murmelte er entschuldigend und sah fast flehend zu Margret, die den Ball gerne annahm. „Also, dann machen wir nun zum Einstieg den Sonnengruß. Am besten, ich führe die Übung einmal vor und kommentiere das, was ich tue. Sollten Ihnen die Bewegungen Probleme bereiten, müssen Sie sich natürlich nicht unnötig quälen. Machen Sie einfach im Rahmen Ihrer Möglichkeiten mit." Kaum gesagt, begann Margret, sich einer imaginären Sonne entgegenzustrecken und dabei in einem derart sanften Tonfall zu sprechen, wie Herr Ohlmann ihn lange nicht von ihr gehört hatte. Die beiden Zeugen Jehovas lächelten und reckten sich halbherzig in die von Margret vorgegebenen Richtungen, legten ihre Wachttürme aber nicht aus den Händen. Offenbar versuchten sie, den richtigen

Moment abzupassen, um die Veranstaltung wieder in die von ihnen vorgesehenen Bahnen zu lenken.

Herr Ohlmann wusste, dass er schneller sein musste. Es wäre fatal, die eigene wichtige Botschaft aus einer falsch verstandenen Rücksichtnahme gegenüber den Irrlehren der Zeugen Jehovas zurückzuhalten. „Margret", rief er also in den Sonnengruß hinein, „ich habe gestohlen, die Zeche geprellt und bin dir mit einer Bäckereifachverkäuferin, deren Namen ich nicht kenne, untreu gewesen." „Anja", sagte Margret und fuhr ungerührt mit ihrer Übung fort. „Was?", fragte Herr Ohlmann. „Sie heißt Anja", wiederholte Margret, ohne ihren eigenen Worten größere Beachtung zu schenken. „Woher weißt du das?" „Es spielt keine Rolle", schaltete sich nun wieder der Herr im grauen Anzug ein, „auf welchen Irrwegen einer wandelt. Jeder andere Weg wäre ebenso verkehrt, jede andere Tat ebenso töricht, sofern sie nicht auf den Grundlagen unserer Lehren basiert. Lesen Sie die Schrift, und Sie werden wissen, was Sie tun müssen." „Herrgott ich weiß es doch", brüllte Herr Ohlmann, dem nun endgültig der Kragen platzte. „Ich weiß, dass ich meiner Frau mitteilen muss, was geschehen ist, und dass niemand außer ihr darüber richten darf, am allerwenigsten Sie mit Ihren lächerlichen Ansichten. Sie glauben doch wohl nicht ernsthaft, diese Comicheftchen da kämen von Gott?" Herr Ohlmann merkte, dass auch Margret, die weiterhin vorturnte, überrascht von seinem wahrscheinlich unangemessenen Ausbruch war, und er überlegte ernsthaft, wie er seine harschen Worte etwas abmildern könnte. Leider fiel ihm aber nichts ein, und so sagte er auch nichts mehr. Stattdessen sagte die immer noch lächelnde Frau etwas. Sie sagte: „Wir können Ihnen helfen."

In diesem Augenblick wusste Herr Ohlmann, dass ihm auf Erden nicht zu helfen war. Alle hatten etwas, woran sie sich halten konnten. Die Zeugen Jehovas hatten ihren „Wachtturm". Margret hatte ihren Sonnengruß. Molly hatte ihren Futternapf. Und die Kinder und Jugendlichen draußen vor der Tür hatten ihre Smartphones. Herr Ohlmann hingegen hatte nicht einmal mehr seine Arbeit. Das einzige, was er hatte und was ihm ansatzweise etwas bedeutete, war eine alte Fotografie von Gert Fröbe. Und Molly. Und Margret, natürlich, ja. Aber sonst? Ihm fehlte der Anker, der ihn daran hinderte, verrückt zu werden. Wenn selbst eine unattraktive Dame im grauen Wollrock meinte, ihn retten zu können, dann musste es schlimm um ihn bestellt sein. Er war sechzig und würde im nächsten Jahr schon einundsechzig werden. Und dann würde nicht mehr viel kommen, nur Zahlen, eine schlimmer als die andere, und Gebrechen und am Ende der Sarg, der noch viel zu teuer sein würde, um der Wertlosigkeit seines dann vergangenen Lebens gerecht zu werden. War das die Zukunft, vor der er gerettet werden musste? Würde es einen Sinn ergeben, ihn zu retten? Und warum kannte Margret die Bäckereiverkäuferin?

„Ich weiß, was du denkst, Hans Heinrich", sprach seine Frau in die stumme Verzweiflung hinein. „Du bist unglücklich. Du denkst, du hättest dein Leben anders leben müssen. Wahrscheinlich denkst du auch, dass es dir ohne mich besser ergangen wäre. Und zweifellos ist das Gegenteil nicht zu beweisen. Aber glaube mir, der Schlüssel liegt nirgendwo, außer in dir selbst. Du allein hinderst dich daran, das zu tun, was du tun willst, ja, tun musst. Du allein trägst die Fähigkeit, die Welt mit anderen Augen zu sehen, in dir." „Gott allein ist die Wahrheit", warf der Herr im grauen Anzug ein. „Ja, das ist er", bekräftigte Margret. „Ist er nicht!", platzte es aus Herrn Ohlmann heraus, der nicht verstand, wieso seine Frau auf einmal alles zu verstehen vorgab. Dabei hatte sie nie allzu viel verstanden, nicht einmal die Steuererklärung hatte sie jemals selbst ausgefüllt. Er war es doch, der sich mit den Übeln der Welt herumgeschlagen und im Schweiße seines Amtsgesichts den schnöden Mammon heimgetragen hatte, für den Margret nie einen Finger krumm machen musste. Und nun war das alles nichts mehr wert, machten alle anderen einen auf Yoga und Jehova und bildeten sich ein, ihn retten zu müssen. Dabei ging es ihnen doch bloß darum, sich selbst etwas vorzumachen und der traurigen Gewissheit der eigenen Endlichkeit gegenüber die Augen zu verschließen. Da konnten sie noch so graue Anzüge tragen und noch so mitleidig lächeln – begreifen würden sie in letzter Konsequenz überhaupt nichts.

Herrn Ohlmanns Wut steigerte sich in Dimensionen, in denen verbales Dampfablassen, und mochte es auch noch so viel Hass beinhalten, keinen Druckausgleich mehr bewirken konnte. Diskussionen mit Menschen, die an der Welt vorbeilebten, sie missdeuteten und ihren Gesetzmäßigkeiten mit purer Ignoranz begegneten, hatten außer zu erhöhtem Blutdruck und verschwitzten Unterhemden noch selten zu irgendetwas geführt. Da konnte man seinem Kontrahenten ebenso gut direkt mit der Faust ins Gesicht schlagen. Das brachte zwar auch nichts, machte dafür aber weniger Arbeit. Wäre Herr Ohlmann bloß nicht so gut erzogen, er hätte den Anzugträgern gezeigt, was eine Harke ist. Aber das war eben das Dilemma mit der Moral, ständig stand sie einem im Weg und hinderte einen daran, die Dinge im Einklang mit dem Universum zu regeln. Ein Umstand, der zu den absonderlichsten Kompromisshandlungen führen konnte, die einzig und allein den Zweck verfolgten, niemandem auf die Füße zu treten. Was ein Unsinn, dachte Herr Ohlmann, und überwand seine Scheu, den Zeugen Jehovas mit Gewalt zu begegnen, indem er dem Herrn im grauen Anzug seine Hand um die Schultern legte. Nein, schlagen konnte er ihn nicht, manche Dinge verbot einem womöglich doch die Vernunft, aber er konnte ihn packen und im festen Ringergriff auf den Teppich herabziehen.

Das tat er dann auch, verbunden mit erheblichen körperlichen Anstrengungen und einer nicht minder großen Überraschung ob des intensiven Rasierwassergeruchs seines Kontrahenten. Gewiss hätte Herr Ohlmann auch der Dame im grauen Kleid im Kampfe begegnen können, aber was hätte das für einen Eindruck gemacht, nicht nur sexuell gesehen, sondern auch, was die Kräfteverhältnisse betraf. Da hatte er sich in dem Herrn, der immer noch lächelte, den würdigeren Gegner ausgesucht, einen fleischigen Gesellen, den auf die Seite zu wuchten einiges an Geschicklichkeit erforderte. Von anderen Tugenden wie Ausdauer und Tapferkeit ganz zu schweigen.

Margret hatte die veränderte Situation sofort erfasst. Ohne zu zögern verkündete sie neue Yogaanweisungen, und soweit es aus seiner gerade etwas ungünstigen Position zu erkennen war, machte die Dame im grauen Rock wieder mit. Man konnte also durchaus davon reden, dass beide Eheleute, Margret und Herr Ohlmann auf ihrem jeweiligen Handlungsfeld, die Situation dominierten. Und das gegen Kontrahenten, die im göttlichen Auftrag agierten und nach menschlichem Ermessen überhaupt nicht zu dominieren waren. Was hätte Herr Ohlmann jetzt für einen Zeugen des Geschehens gegeben, einen Reporter, der das Wunder in die Welt hinaustrug: „Da legt er den fetten Kerl auf die Schulter" hätte dieser begeistert rufen können, oder „Und da schickt sie die Tante in den Sonnengruß!" Aber natürlich war kein Zeuge zugegen, wie immer, wenn man sie einmal brauchen konnte. Und so verlor Herr Ohlmann bald wieder die Lust am Kämpfen, rappelte sich und zog seinen Gegner hoch, drückte ihm sogar den Wachtturm wieder in die Hand und verabschiedete seine beiden Besucher mit der Geste eines wahren Hausherrn, der er offenbar immer schon gewesen sein musste. Als die Tür ins Schloss gefallen war, wandte er sich an Margret, denn er musste ihr endlich alles sagen, sich mit ihr aussprechen, auch die

Yoga- und Hundesache mit ihr klären, doch sie war in ihre Meditation versunken und zeigte keinerlei Interesse an ehelichem Krisengespräch.

Kapitel 16

Die Adventszeit hatte begonnen. Nach den Ereignissen der letzten Oktobertage war Herrn Ohlmanns Leben wieder in den zuvor gewohnt ruhigen Bahnen verlaufen. Es war, als hätte der Zug, in dem er seit über sechzig Jahren einem unbekannten Ziel entgegenreiste, nach ein paar heftig ruckelnden Weichen wieder eine Spur erreicht, auf der er im Stile eines komfortablen Schlittens dahingleiten konnte. Fast war es wie vorher. Molly lebte immer noch bei ihnen, und niemand hatte mehr darüber gesprochen, ob und wann sie abgegeben werden sollte. Auch zur Arbeit ging Herr Ohlmann längst wieder. An die eine Woche Krankenschein hatte er zunächst eine zweite und nach einigem Hadern noch eine dritte gehängt, bevor er wieder, von Krankheit gezeichnet und ein bisschen blass um die Nasenspitze, in seinem Amt erschienen war. Ein freundliches Hallo hatte das gegeben, und auch er selbst hatte eine gewisse Freude dabei empfunden, wieder zu wissen, wozu er gut war. Zwar hatte sich die Sache mit dem Stellvertreterposten zwischenzeitlich erledigt, da Esther Lindenborn doch noch von ihren spontanen Umzugsplänen abgerückt war, aber daran konnte Herr Ohlmann beim besten Willen nichts Schlechtes finden. Das Bild von Gert Fröbe hängte er wieder an seinen langjährigen Haken, und seinen Kunden begegnete er mit der gleichen mäßig interessierten Freundlichkeit wie eh und je. Er drehte seine morgendlichen Runden mit Molly, werkelte wochenends im Garten, der freilich um diese Jahreszeit kaum mehr Arbeit machte, und nutzte den Wagen für die Fahrten zur Dienststelle, da der Besitz einer gültigen Fahrerlaubnis in Anbetracht der Ewigkeit überschätzt wurde.

Adventszeit also. Von ein paar verwaschenen Erinnerungen an eingeschneite Kindertage abgesehen, pflegte diese Jahreszeit erfahrungsgemäß mild und windig daherzukommen. In diesem Jahr fiel zudem eine gehörige Portion Regen auf das trübe Land herab. Vielleicht, dachte Herr Ohlmann, hatte Gott etwas gegen die rührseligen Kitschvorstellungen seiner säkularisierten Gemeinde und schickte ihr deshalb keinen vorweihnachtlichen Pulverschnee. Jene glitzernden und Frieden vorgaukelnden weißen Kristalle hätten die Menschen auch ganz und gar nicht verdient, schossen sie einander doch allerorten mit Panzerfäusten und anderem Höllengerät zu stinkendem Brei, sofern sie nicht, Gnade der geographischen Herkunft, ihre Schäfchen im trockenen europäischen Stall hielten und das finstere Treiben der Welt aus vermeintlich sicherer Entfernung betrachteten. Wie hätte zu dieser schaurigen Szenerie eine weiße Weihnacht gepasst? Und wo in der Bibel stand überhaupt etwas von Pulverschnee?

Herr Ohlmann wusste längst, dass die Zeiten hart und gefährlich geworden waren. Trotzdem hatte er, wie er fand, seinen Frieden damit gemacht und freute sich von Jahr zu Jahr mehr darüber, Margret bei ihren adventlichen Dekorationsbemühungen hilfreich zur Seite – oder wenigstens nicht im Wege – zu stehen. Es veränderte, global gesehen, ja auch nichts zum Schlechteren, wenn er sich ein paar Stunden des Tages auf die kleinen Dinge des Lebens konzentrierte. Also sah Herr Ohlmann nicht ohne Freude dabei zu, wie Margret Strohsterne und Christbaumkugeln aus dem Keller nach oben brachte und die alten Pappkartons, in denen sie den Schmuck aufbewahrte, fein säuberlich auf dem Wohnzimmertisch platzierte. Herr Ohlmann wusste nicht warum, aber er dachte in diesen dunklen Tagen immer daran, wie es wohl wäre, Kinder zu haben. Zwar mochte er Kinder nicht sonderlich, aber vielleicht, so lautete zumindest eine seiner Theorien, hätte sich das mit den eigenen Kindern ein wenig anders verhalten. Sie wären die Spuren gewesen, die man hätte hinterlassen können, und würden für einen weiterleben, wenn man selbst nicht mehr dazu in der Lage war. Einen Sohn hätte er gerne gehabt, einen jungen Herrn Ohlmann, mit ähnlich verheißungsvollen Anlagen versehen wie er selbst, und doch durch behutsame Begleitung in die Lage versetzt, die väterlichen Fehler zu umgehen und es im Leben einmal besser zu haben. Diesem Sohn, den Herr Ohlmann gerne Martin genannt hätte, weil Martin so ein großartiger Name war, hätte freilich das Christkind die Weihnachtsgeschenke gebracht, und Herr Ohlmann hätte etwas darum gegeben, diesem Christkind bei seinen Vorbereitungen unter die Arme zu greifen.

Nach den kleineren Dekorationsartikeln brachte Margret schließlich den Christbaumständer nach oben. Vor Jahren schon hatte sie beschlossen, den Baum bereits in der Vorweihnachtszeit aufzustellen. Eigentlich war es weniger ein Beschluss, als eine unausgesprochen in die Tat umgesetzte und hinterher einfach beibehaltene Verfahrensweise. Herr Ohlmann hatte sich daran immer ein wenig gestört, weil er aus seiner eigenen, gar nicht mal so schwierigen, Kindheit die Tradition mitgenommen hatte, den Baum erst am Morgen des vierundzwanzigsten Dezembers aufzustellen. Aber Margret zuliebe trug er ihre Entscheidung letztlich mit – es wäre ja auch blanker Unsinn gewesen, eine Sache nur deswegen auf eine bestimmte Art und Weise zu erledigen, weil man es von Kindesbeinen zufälligerweise nicht anders kannte. Mit dieser Einstellung konnte man heutzutage keinen Blumentopf mehr gewinnen, und früher wahrscheinlich auch nicht. Und überhaupt, wer wollte schon einen Blumentopf gewinnen?

Den Weihnachtsbaum hatten sie vor einigen Tagen bei einem ziemlich windigen Händler erstanden, der für seine Nordmann-

Tannen einen horrenden Preis gefordert hatte. Aber Herr Ohl-mann blieb clever, umging alle Diskussionen und kaufte eine günstige Fichte, der man ihren niedrigen Preis zwar ansah, aber Besuch war über die stillen Tage ohnehin keiner zu erwarten. Außerdem hatte Margret ein Händchen dafür, mit bescheidenen Mitteln ein schmuckes Heim zu zaubern. In solchen Dingen war sie einfach sensationell gut, und allein das Wissen hierum trieb Herrn Ohlmann nun in Hausschuhen nach draußen, um den Baum von seinem Lagerplatz unter dem Balkon nach oben zu bringen. Nach wenigen Metern in der feuchten Wiese waren seine Füße bereits nass, so dass Herr Ohlmann umkehren wollte. Allerdings hatte er keine Lust, sich drinnen in umständliche Gummistiefel zu zwängen, bloß um nach einer Minute schon wieder mühevoll aus ihnen herauszusteigen. Also zog er die Sache jetzt in Hausschuhen durch. Es gab weitaus Schlimmeres als nasse Füße. Kalte Hände zum Beispiel. Oder Halsschmerzen und laufende Nasen. Hunger, Not, Krieg. Da würde er den Baum schon holen können, und ein paar piksende Nadeln mach-ten ihm wirklich nichts aus. Margret würde womöglich sogar stolz auf ihn sein.

Als er durch die Terrassentür ins Wohnzimmer trat, frisch und rosig nach getaner Waldarbeit, schimpfte Margret zunächst wegen der nassen Hausschuhe auf dem Parkett. Dann wegen der schiefen Position des Baumes im Ständer. Ja, ja, der Ständer. Herr Ohlmann hatte das Gefühl, nostalgisch zu werden und al-les schon einmal erlebt zu haben. Trotzdem blieb er friedlich und richtete den Baum nach den schroffen Anweisungen seiner Gat-tin aus. Zweifellos führte Margret ein hartes Regiment, aber sie verlieh ihm Struktur und schaffte durch ihre Neigung, sich an den Gepflogenheiten gewöhnlicher Menschen zu orientieren, eine gewisse Behaglichkeit. Außerdem, und dies war durchaus von Belang, ermöglichte die ruhige Arbeit am Baume einen beinahe meditativen Ausblick durch die panoramaartigen Wohnzimmerfenster.

Während Herr Ohlmann mit den Fingerspitzen der rechten Hand den Stamm hielt und dabei mehr ahnte als sah, wie Margret sich geduckt kauernd am Ständer zu schaffen machte, stützte er seine linke mit nach innen geknickter Handfläche in die Hüfte und dachte darüber nach, dass er seine Art, die Hände in die Hüfte zu stützen, noch nie an sich leiden konnte. Ebenso wenig mochte er seine uralte Angewohnheit, mit dem Gewicht auf ein einzelnes Bein gestützt zu stehen und das andere, als sei es ein Schönheitsmakel, der tunlichst der Umwelt vorenthalten werden musste, dahinter zu verstecken. Verhaltensmuster wie diese - oder auch das ständige an die Wand Lehnen, in die eigenen Hände Starren, mit gekrümmtem Rücken Sitzen – zeigten Herrn Ohlmann, dessen Hodensack ausgerechnet jetzt schief in der Unterhose zu klemmen schien, wie wenig perfekt sein eigenes Wesen im Vergleich zu dem der Starken und Schönen dieser Welt gebaut war. Besser und schlimmer noch, offenbarte er sich mit seinen eingeknickten Waschlappenhänden allen anderen, anstatt sie zum eigenen Vorteil in die Irre zu führen, wie Politiker und Kaufleute und überhaupt die meisten anderen es konnten. Was Herrn Ohlmann, und die Sache mit dem Hodensack war wirklich lästig, aber in allererster Linie nervte, seit Ewigkeiten schon, war seine fehlende Lust, an den eigenen Schwächen zu arbeiten. Wie leicht war es doch eigentlich, Gewicht abzunehmen oder sich eine gerade Sitzhaltung anzugewöhnen, aber eben dazu war Herr Ohlmann schlicht und ergreifend zu faul, und jetzt ließ er unter Inkaufnahme der Flüche Margrets den Baum los und brachte endlich den Inhalt seiner Unterhose in Ordnung.

Während Margret schimpfte und sich anschließend wieder beruhigte, um bald darauf schweigend weiterzuarbeiten, blickte Herr Ohlmann nach draußen. Baumkronen wogten im Wind, und Regentropfen wehten in seltsam schrägem Winkel auf Dächer, deren Ziegel vorschriftsgemäß im gleichen Ton gehalten waren. Irgendwo im Hintergrund musste die Sonne scheinen, man merkte es an der angenehmen Art des Lichts, das die Szenerie erhellte, aber einen Regenbogen konnte Herr Ohlmann aus seiner Perspektive nicht erkennen. Er überlegte, ob er Margret darauf hinweisen sollte, aber die hatte sich nie sonderlich für Naturschauspiele interessiert und war ohnehin viel zu vertieft in die Entflechtung der Schnüre, mit denen man Strohsterne und anderen Christbaumschmuck an den grünbenadelten Fichtenzweigen befestigen konnte. Seltsam, dachte Herr Ohlmann, dass es jedwedes Wetter auch zu anderen Zeiten schon gegeben hatte. Zu Christi Geburt etwa, oder im Mittelalter, ganz egal, mussten auch schon Baumkronen im Wind gewogt haben, und Menschen mussten unter dem Regen hindurchgelaufen sein, wie sie es heute noch widerwillig taten. Anders gekleidet vielleicht, jede Zeit hatte ihre Moden, aber sonst genauso wie heute. Und kurios erstrecht, dass es dem Wetter so ganz und gar egal zu sein schien, was sich unter ihm abspielte. Ob die Menschen, auf die der Regen prasselte oder die Sonne knallte, nun arbeiteten, schliefen, Krieg führten oder Liebe machten – das Wetter blieb vollkommen unbeeindruckt und machte einfach nur seinen Job.

Herr Ohlmann hatte den Baum nun endgültig losgelassen und in langsamem Tempo damit begonnen, ein paar Dekoartikel an die Zweige zu hängen. Nach einem Stern, einer Kugel und einem rotlackierten Weihnachtsschlitten schien ihm jedoch die Zeit gekommen, Margret übergangsweise alleine weitermachen zu lassen und wieder aus dem Fenster zu sehen. Man müsste, dachte Herr Ohlmann, so sein wie das Wetter. Unbeeindruckt von allen psychischen Befindlichkeiten. Alles nass oder heiß oder kalt machen, ohne über die Folgen des eigenen Handelns, das genau genommen nicht einmal als Handeln bezeichnet werden konnte, nachzudenken. Einfach frei sein. Ja, er musste frei sein, musste gehen können, wohin, und tun und lassen können, was er wollte. Gewiss, das war die Realität, der Mensch war frei, und nur die trügerische Sicherheit des Wetterberichts hielt ihn in der Illusion, seine eigene Zukunft zu kennen. Aber kannte er sie? Kannte er Margret? Was wusste er denn wirklich über sie zu sagen, außer, dass sie früher einmal gerne die gleiche Kneipe wie er selbst besucht hatte, um dort Billard zu spielen, und heute Yoga machte?

Herr Ohlmann musste auf einmal wieder an die Bäckereiverkäuferin denken, der er vor einigen Wochen in dieser seltsamen Bäckerei in der Innenstadt begegnet war. Möglicherweise liebte ihn diese Frau. Die Wahrscheinlichkeit war zwar nicht groß, aber es war zumindest denkbar, dass er mit seiner höflichen Art bleibenden Eindruck bei der Dame hinterlassen hatte. Aber, wenn sie ihn liebte, warum schrieb sie ihm nicht? Warum rief sie nicht an oder stand einfach einmal vor der Haustür? Eine Adresse herauszufinden, wenn man sie wirklich benötigte, dürfte in der heutigen Zeit ein Klacks für den Suchenden sein. Liebende waren zu allem fähig. „Wir sollten", sagte Margret nun und hielt sich den vom Bücken schmerzenden Rücken, „in diesem Jahr keine Lichterkette an den Baum hängen." Stimmt, die Lichterkette, die sonst immer als erstes drankam, ein heilloses Kabelwirrwarr, wie konnte sie nur vergessen worden sein. „Ich habe echte Christbaumkerzen besorgt", fuhr Margret fort und klemmte die erste der weißen Wachsstängel an einen unschuldigen Fichtenzweig, der sich sofort erkennbar nach unten neigte. „Gute Idee", pflichtete Herr Ohlmann ihr bei, obwohl er wusste, dass seine Meinung für Margret noch nie eine Rolle gespielt hatte. Zumindest nicht in Haushaltsdingen, und Christbaumkerzen waren zweifellos Haushaltsdinge. Dabei fand er die Idee mit den echten Kerzen wirklich gut, obwohl ihm das Themengebiet eigentlich nicht wichtig war. Viel lieber hätte er mit Margret über Politik diskutiert, Grundsätzliches und Bleibendes mit ihr erörtert, aber ihre Rede kam nur selten darauf, und er wollte sie auch nicht in ein für sie uninteressantes Gespräch hineinziehen.

Herrn Ohlmanns Blick fiel auf das Wandbarometer. Der Luftdruck war noch tiefer als am Vortag, an dem er auch schon außerordentlich niedrige Werte angenommen hatte. Wie sollte man bei derartigen Tiefstständen Leistung erbringen? Am liebsten hätte sich Herr Ohlmann auf die Couch gelegt und abgewartet, bis Margret mit allem fertig war. Aber das wäre unfair Margret gegenüber gewesen, die ohnehin schon den Löwenanteil der Hausarbeit zu übernehmen hatte. Andererseits, was konnte er schon tun, außer hier mal ein Tannenzäpfchen und da mal ein Sternchen aus dem Körbchen zu nehmen und an den Baum zu hängen? Am Ergebnis änderte das gar nichts. Herr Ohlmann stützte wieder die Hände in die Hüften und schaute erneut zum Fenster. Ein Schwarm Krähen hatte sich gerade auf einem der gleichfarbigen Hausdächer niedergelassen. „Es ist ziemlich warm", sagte Herr Ohlmann. Margret sagte nichts dazu, es gab ja auch nichts dazu zu sagen. Warum diskutierten sie nicht über Politik? „Mindestens zehn Grad", ergänzte Herr Ohlmann und fragte sich, ob Margret ernsthaft glaubte, es würde ihn interessieren, was er da von sich gab. Es war ihm doch vollkommen egal, ob es nun zehn oder zwanzig oder minus zwanzig Grad waren, alles war nur Wetter, und Wetter hatte man hinzunehmen. Margret sagte immer noch nichts dazu. Vielleicht fand sie das Thema selbst belanglos und hätte lieber über etwas anderes gesprochen. Über Politik vielleicht?

Der Krähenschwarm hockte auf dem Hausdach und schaute zu Herrn Ohlmann herüber. Schlau waren diese Vögel, denn sie hackten einander kein Auge aus. Ähnlich war es auch bei den Menschen – alles mafiös verwoben, wahrscheinlich bis in die angesehensten Kreise hinein. Trauen konnte man nur sich selbst und der kleinen Welt, die man sich zurechtgezimmert hatte. Geradezu folgerichtig, da einen Weihnachtsbaum hineinzusetzen, ein Symbol dafür, wie die Welt sein könnte, wenn sie nicht so wäre, wie sie war. Da flog eine Krähe davon, und alle anderen taten es ihr gleich. So war es immer schon gewesen. Einer machte einen Unsinn vor, und alle anderen machten ihn nach. Herr Ohlmann war froh, derartige Dinge zu durchschauen, und doch ärgerte ihn, dass dies zu vielen seiner Mitmenschen nicht gelang. Er schaute zu Margret hinüber. Konnte es sein, dass Yoga einem half, mit derartigen Fehlentwicklungen klarzukommen? Herr Ohlmann war sich nicht sicher. Wahrscheinlich nahm Margret alles nicht so schwer und musste mit gar nichts klarkommen.

Nach einer Weile war der Christbaum für Margrets Geschmack ausreichend geschmückt, und sie brachte die nicht verwendeten Deko-Utensilien wieder zurück in den Keller. Herr Ohlmann überlegte, ob er sich nun in den Sessel setzen sollte, konnte sich aber nicht recht dazu überwinden. Also blieb er stehen und starrte zu dem Dach hinüber, auf dem vorhin die Krähen gesessen hatten, bis Margret wieder aus dem Keller zurückkam. Gewiss würde sie eine Idee haben, was er in den nächsten Minuten sinnvollerweise erledigen könnte. Doch Margret musste, kaum dass sie die Kellertreppe emporgekeucht kam, direkt ans Telefon hasten, das gerade klingelte. Offenbar war es irgendein Vertragsheini von der Telekom. Diese Typen riefen in den letzten Monaten andauernd an und wollten einfach nicht verstehen, warum Herr Ohlmann an Beschaffenheit und Tarif seines Telefonanschlusses nichts ändern wollte. War das denn so schwer zu begreifen? Wenn er in den Supermarkt ging, zwang ihm doch auch niemand einen überteuerten Käse auf, den weder er noch Margret noch Molly essen mochten. Na gut, Molly vielleicht. „Nein, wir sind zufrieden mit unserem Anschluss, auf Wiederhören", hörte er Margret nun sagen und staunte über die Leichtigkeit ihrer Konsequenz. Früher hatte sie sich viel schwerer damit getan, jemandem etwas abzuschlagen, und war aus Gründen dieser Konfliktscheue sogar für ein paar Jahre zahlendes Mitglied einer Umweltorganisation geworden. Bewundernswerte Entwicklung. Andererseits konnte das ja sogar ein gutes Produkt sein, was der Telekomheini ihnen da anbot. Womöglich tat man ihm Unrecht mit der Annahme, er wolle nur neppen, und er hatte tatsächlich nur ihr Bestes im Sinn. Herrgott, dann sollte er es eben trotzdem für sich behalten, für Herrn Ohlmann musste nicht alles perfekt sein. Er selbst war ja auch nicht perfekt. Obwohl …

„Hans Heinrich, wir brauchen noch Brot." Gutes Beispiel. Er gönnte den Menschen in den armen Ländern ihr Brot ja auch von Herzen, und doch rief er nicht ungefragt in der Sahel-Zone an und schwätzte irgendwem einen Scheiß auf, mit dem er nichts anfangen konnte. „Gehst du eben noch zur Bäckerei?" „Ja, Margret", antwortete Herr Ohlmann und registrierte in diesem Moment erst, was seine Frau da zu ihm gesagt hatte. Ohne Brot konnte man schlecht leben, da hatte sie wohl Recht. Also Brot kaufen. In der Bäckerei. Oder an einem der schnellen Backregale im Discounter, wo die gehaltlosen Teiglinge selbst in den Abendstunden noch warm und begehrenswert erschienen. Lieber doch in der Bäckerei. „Ich nehme den Wagen", rief Herr Ohlmann beim Hinausgehen noch und dachte zum ersten Mal in seinem ganzen Leben darüber nach, dass Margret ihn noch nie danach gefragt hatte, ob er einen Führerschein besaß.

Kapitel 17

Die Bäckerei, in der Herr Ohlmann gewohnheitsmäßig seine Wochenendbrötchen holte, lag weniger als fünfhundert Meter von seiner Haustür entfernt. Heute raste er an ihr vorbei als gäbe es kein Morgen mehr. Natürlich parkte er beim Amt, dort parkte er immer, wenn er etwas in der Stadt zu erledigen hatte. Und dieses Mal empfand er das Parken als besonders erhellend, denn just in dem Augenblick, indem er den Wagen kerzengerade in die Parklücke manövriert hatte, wurde ihm klar, weswegen Margret den Namen der Bäckereiverkäuferin gekannt hatte: Sie musste die Handynummer auf dem Brotpapier gelesen und – aus welchen Gründen auch immer - angewählt haben. Margret hatte mit Anja gesprochen, mit der unendlich schönen Frau, die ihr wer weiß was erzählt und sie dazu gebracht haben musste, das Brotpapier hinterher diskret und von Herrn Ohlmann bislang unbemerkt zu entsorgen.

Es dauerte eine gute halbe Stunde, ehe Herr Ohlmann die kleine Bäckerei wiedergefunden hatte, in die er kürzlich auf der Flucht vor ein paar Jugendlichen hineingestolpert war. „Verkäuferin gesucht", stand auf einem handgeschriebenen Schild an der Tür, und darunter „Arbeitszeit nach Vereinbarung – Vollzeit, Teilzeit oder geringfügig". Wenn der Ladeninhaber klar bei Verstand war, würde er außer dem Wort „geringfügig" keines der anderen ernst gemeint haben. Lohnnebenkosten eben. Aber warum suchten sie überhaupt eine Verkäuferin? Herr Ohlmann überlegte, ob er wirklich hineingehen solle, und wandte sich schließlich zum Gehen. Margret würde sich Sorgen machen, und das Discounter-Brot war geschmacklich so schlecht nicht, was war überhaupt in ihn gefahren. „Ja, was?", dachte Herr Ohlmann und betrat die Bäckerei dann doch noch, einen schweren Seufzer unterdrückend und die nackte Angst in sich aufsteigen spürend.

Die Ruhe des aus der Zeit gefallenen Verkaufsraums vertrieb jede Sorge und erfüllte Herrn Ohlmanns Brustkorb mit Wärme. Zweifellos hatte er den schönsten Ort der Welt betreten. Und wieder befand er sich vollkommen allein an diesem Ort. Die Brotregale waren trotz der nachmittäglichen Stunde noch passabel gefüllt, und auch in der Glasvitrine lag genügend Süßes, um die Bedürfnisse der einen oder anderen vorbeifliegenden Wespe zu befriedigen. Herr Ohlmann hingegen verspürte an dieser heiligen Stätte keine Bedürfnisse mehr. Er stand einfach da und schaute und genoss das Ticken der Wanduhr, die fünfzig Jahre Weltbeschleunigung auf vollendet friedliche Art ungeschehen machte. Wenn so der Tod aussah, dann sollte er kommen, dann war die bevorstehende Qual des Alters doch besser als ihr Ruf. Viel besser.

Ob sie Anja entlassen hatten? Vielleicht hatte sie selbst um Auflösung ihres Vertrages gebeten? War sie etwa fortgezogen? Der Liebe wegen? Herr Ohlmann näherte sich, den Gedanken beiseite schiebend, der Backtheke. Sanft strich er mit der Handinnenfläche über ihr Glas. Wie lange sie hier wohl gearbeitet hatte? Ein halbes Jahr? Zehn Jahre? Welche Worte sie dabei wohl am öftesten gesagt hatte? Wie viele älteren Herren ihr wohl hoffnungsvoll den Hof gemacht hatten? War er am Ende sogar der jüngste dieser Herren? Dabei machte er ihr gar nicht den Hof, war bloß hier, um Brot zu kaufen. Die guten Brote. Herr Ohlmann ging noch näher an sie ran, auf die andere Seite der Glasvitrine, dorthin, wo Anja gestanden und die Kunden bedient hatte. Noch immer war nur das Ticken der Wanduhr zu hören, schien der duftende Raum ihm ganz alleine zu gehören.

Ihm und den Broten, Kaffeestückchen und zwei, drei Wespen, die ihre besten Tage lange hinter sich hatten. Überhaupt, dass es in der Adventszeit noch Wespen gab …

Die Namen der Brote waren in schön geschwungener Handschrift an den entsprechenden Stellen am Regal platziert. „Zwiebelbrot" hieß eines, ein anderes „Adventsbrot". Besonderes Interesse weckte bei Herrn Ohlmann ein wohlgeformter nussbrauner Laib, der auf den Namen „Altenwälder Quark-Land-Brot" hörte. Nicht, dass Herr Ohlmann sonderlich gerne Quark gegessen hätte, aber das Landleben schätzte er doch sehr, insbesondere deswegen, weil er in einer Stadt wohnte und nur in den Ferienzeiten hinaus aufs Land kam. Er nahm den Laib aus dem Regal. Der fühlte sich gut an. Ob Anja ihn auch schon angefasst hatte? Herr Ohlmann hielt sich das Brot ganz dicht unter die Nase und genoss den aromatischen Duft. Es wäre absolut menschlich, hineinzubeißen, dachte Herr Ohlmann, der eigentlich keinen besonderen Hunger hatte, und tat es dann sogar gleich zweimal nacheinander. Eine stattliche Ecke hatte er aus dem Laib herausgebissen und wollte, im Rausch des wohlig kauenden Empfindens, schon ein drittes Mal seine Kiefer in das Backwerk hineinhauen, als die Ladenglocke bimmelte.

Innerhalb der gleichen Hundertstelsekunde legte Herr Ohlmann den angebissenen Brotlaib zurück ins Regal und schluckte die im Mund befindlichen Reste unter. Hart kratzten sie am Rand seiner Speiseröhre entlang, aber nichts auf der Welt konnte Herrn Ohlmann jetzt daran hindern, einen gewöhnlichen Eindruck zu erwecken und freundlich in die Richtung desjenigen zu blicken, der da durch die Ladentür gekommen war. Eine ältere Dame trat auf ihn zu, kein Rollator, aber doch unsicher im knöchernen Schritt. „Guten Tag", eiferte ihr Herr Ohlmann entgegen, als sei er derjenige, der in diesem Laden irgendetwas zu melden hätte. „Tag", entgegnete ihm die Dame und nestelte umständlich in ihrer Jutetasche herum, vermutlich auf der Suche nach ihrer Geldbörse. Warum sie wohl so früh danach griff, ohne zuvor ihre Bestellung aufgegeben zu haben? Dabei war hier überhaupt niemand, bei dem sie hätte bestellen können. „Sie wünschen?", fragte Herr Ohlmann und erschrak nicht einmal darüber. Gewiss hätte Anja sofort gewusst, was diese Dame wünschte und es ihr direkt in den Jutesack gesteckt. Endlich hatte die Frau gefunden, was sie suchte. „Guten Tag", sagte sie noch einmal, diesmal freundlicher, zu Herrn Ohlmann, vielleicht auch nicht freundlicher, sondern bestimmter, zielstrebiger, so zielstrebig man eben in ihrem Alter noch sein konnte. „Ich hätte gerne ein Altenwälder Quark-Land-Brot".

Herr Ohlmann hätte sich eigentlich nicht zu den Brotregalen umdrehen müssen, denn die schreckliche Ahnung war fast schon Gewissheit: es gab nur noch genau ein einziges Brot von dieser Sorte. „Wir haben", improvisierte er rasch und fühlte sich dabei wie ein Pennäler, der beim Spicken erwischt worden war, „auch jede Menge andere Sorten. Sehen Sie nur." Er deutete hinter sich. „Ach, wissen Sie, mein Mann und ich essen eigentlich immer das Altenwälder Quark-Land-Brot. Es schmeckt uns einfach am besten." „Sehen Sie nur", wiederholte Herr Ohlmann, ohne dem Einwurf der Dame Beachtung zu schenken, „das Adventsbrot zum Beispiel. Das führen wir nur im Advent. Also jetzt, in diesen Wochen. Probieren Sie doch das mal." Die Dame kniff die Augen zusammen und starrte in Richtung des Brotes, auf das Herr Ohlmann deutete. Offenbar sah sie schlecht. „Ach, nein, ich bleibe lieber beim Altenwälder Quark-Land-Brot. Aber danke dafür, dass Sie so nette Empfehlungen geben." „Oder dieses hier", Herr Ohlmann atmete jetzt etwas hektischer, „Vollkorn-Saaten-Brot. Da hat man was zu beißen." „Danke, danke", lächelte die Dame freundlich und erwartete wohl, dass Herr

Ohlmann ihr das bestellte Brot, in das er gerade hineingebissen hatte, über die Ladentheke reichen würde. Eine Erwartung, die sich wahrscheinlich aus unzähligen vorangegangenen Bäckereibesuchen gespeist hatte und die Herrn Ohlmann aus seiner Zeit als Kunde auch nicht ganz fremd war.

Er überlegte fieberhaft, wie er aus der Misere herauskommen könnte. Eine Möglichkeit wäre, der Dame reinen Wein einzuschenken, ihr zu gestehen, dass die Sache sich anders verhielte als es den Anschein hatte. Aber wollte er das? Zurück in die Reihe der wartenden Kunden? Einmal abgesehen davon, dass auch dies nichts daran ändern würde, dass in das einzig verbliebene „Altenwälder Quark-Land-Brot" bereits hineingebissen worden war. „Wissen Sie was", versuchte er es schließlich noch einmal, „ich schenke Ihnen einfach ein Adventsbrot, und Sie sagen mir beim nächsten Mal, wie es Ihnen geschmeckt hat. Rufen Sie mich an, ich schreibe Ihnen meine Handynummer aufs Brotpapier." „Danke, das ist sehr lieb von Ihnen, aber mein Mann mag wirklich nur das Altenwälder Quark-Land-Brot." „Na schön, es ist Ihre Verantwortung." Herr Ohlmann riss ungeschickt ein Stück Bäckereipapier von der Rolle, die er gerade noch rechtzeitig erspäht hatte, drehte sich zum Brotregal um und packte den verlangten Laib an der Stelle, an der er die geringste Attraktivität aufwies. Dabei kam ihm aber noch etwas in den Sinn, was ihm bei seinen eigenen Bäckereibesuchen oft begegnet war: „Soll ich Ihnen das Brot vielleicht schneiden?" Eine Chance, gewiss, mit einem vernünftigen Messer ließ sich mancher Schönheitsfehler kaschieren. Doch die irrwitzige Hoffnung platzte sofort. „Nein, wissen Sie, so einzelne Scheiben trocknen doch viel zu schnell aus. Vor allem bei alten Leuten, die so lange an einem Brot haben wie wir." Die Antwort war zu überzeugend, um noch etwas dagegenzuhalten, und doch konnte Herr Ohlmann es nicht lassen: „Unsere Frischebeutel gleichen das aus." Die alte Dame sagte nichts mehr. Ob dies als Einverständnis gedeutet werden durfte? Herr Ohlmann sah sich nach Schneidwerk und Frischebeutel um, konnte weder das Eine noch das Andere entdecken, fühlte dafür aber, wie der am äußersten Ende gegriffene Brotlaib langsam aber sicher aus seinen Fingern glitt und ohne weitere Vorwarnung zu Boden fiel.

Wie ein Schwimmer vom Startblock stürzte sich Herr Ohlmann hinterher, packte den widerspenstigen Laib und wickelte ihn, unter dem Blickfeld der Kundin möglichst hindurchtauchend, so gut in das zerfledderte Bäckereipapier, wie er es eben fertigbrachte. „Macht normalerweise zwei Euro fünfzig", sagte er und fühlte den Schweiß an seinen Wangen herabrinnen, als er der Dame das seltsame Päckchen schließlich über die Ladentheke reichte. „Sofern sie das Brot überhaupt noch haben wollen. Ich meine, in dem Zustand kann ich es Ihnen eigentlich nicht zumuten." Die Dame lächelte. „Ach was, Dreck macht Speck." Sie drückte ihm einen fünf Euro Schein in die Hand. Selbstverständlich hatte Herr Ohlmann keinen Zugriff auf die verschlossene Ladenkasse. Einen Schlüssel sah er nicht, und einen Code, mit dem er die Schublade mit dem Wechselgeld hätte zum Aufspringen bewegen können, wusste er ebenfalls nicht. Zum Glück hatte er seinen Geldbeutel dabei. Zwar brachte er es an Kleingeld nur auf zwei Euro fünfunddreißig, aber immerhin. „Hier, ich hab`s nicht passender." „Schon recht", entgegnete die Dame und verabschiedete sich freundlich. An der Tür wandte sie sich noch einmal um. „Es war für mich heute etwas ganz Besonderes, einmal vom Chef persönlich bedient zu werden." Sagte es und verschwand verschämt kichernd nach draußen.

Kaum war die Tür ins Schloss gefallen, herrschte in dem Laden die gleiche himmlische Ruhe wie zuvor. Herr Ohlmann wagte sich erstmals in den kleinen Raum hinter der Verkaufstheke hinein. Er war, von einem Schrank, einem kleinen Tisch und zwei Stühlen einmal abgesehen, vollkommen leer. Wahrscheinlich hatte sich Anja hierhin zurückgezogen, wenn sie eine kurze Pause brauchte. Von diesem Raum aus führte nur noch jeweils eine Tür in die Backstube und eine zur Toilette. Herr Ohlmann betrat beide Räume und war sich nun sicher, vollkommen allein in der Bäckerei zu sein. Er war also der Chef persönlich. Das Schild „Verkäuferin gesucht" fiel ihm wieder ein, und er beschloss, dass Neueinstellungen zum gegenwärtigen Zeitpunkt nicht erforderlich waren. Er ging zur Ladentür und löste die Tesafilmstreifen, mit denen das Schild befestigt war, vom Glas ab. Wenige Meter vom Ladeneingang entfernt war die alte Frau von eben stehen geblieben. Herr Ohlmann beobachtete, wie sie das gerade erstandene „Altenwälder Quark-Land-Brot" aus Jutebeutel und Bäckereipapier herauskramte und genüsslich hineinbiss. Der Dame war nicht zu helfen.

An den meisten Tagen seines Berufslebens hatte Herr Ohlmann ausschließlich die Stellung gehalten. Er hatte in seiner Amtsstube gesessen, das Bild von Gert Fröbe angesehen und auf das reagiert, was auf ihn zugekommen war. Nun hatte eine andere Zeit begonnen. Er war sechzig, der Tod winkte ihm vom Horizont aus freundlich zu, doch zuvor würde er eine Aufgabe erledigen müssen, wie er sie noch nie in seinem Leben vor sich gehabt hatte. Er musste einen handwerklichen Meisterbetrieb führen, Zutaten günstig erwerben, kunstvoll verarbeiten, hergestellte Backwaren gewinnbringend verkaufen. Seinen Tag-Nacht-Rhythmus würde er ändern müssen, das Kundenverhalten interpretieren und voraussagen lernen, um sich am Markt zu etablieren. Und das alles würde er, den endgültigen Abschied Anjas einmal vorausgesetzt, alleine bewältigen müssen. Was aus dem bisherigen Chef geworden war? Vielleicht würde er sich bereiterklären, das eine oder andere Mal noch auszuhelfen. Aber voraussetzen konnte er das nicht. Verlassen konnte er sich in dieser Situation auf niemanden. Bloß auf sich selbst und seine analytische Art, an die Dinge heranzugehen. Andere Menschen mochten, wenn sie sich mit vergleichbaren Problemen konfrontiert sahen, einen Yogakurs besuchen. Herr Ohlmann hingegen riss sich ein weiteres Blatt von der Bäckereipapierrolle, ergriff einen Bleistift, setzte sich an den Tisch im Nebenzimmer und machte einen Plan.

Zunächst einmal war es wichtig, nicht zu schnell zu viel zu wollen. Den meisten Menschen, denen Herr Ohlmann im bisherigen Verlaufe seines Lebens begegnet war, misslang die Umsetzung ihrer großen Vorhaben deswegen, weil sie nicht in der Lage waren, ihre eigenen Möglichkeiten realistisch einzuschätzen. Also schrieb Herr Ohlmann zunächst das Wort „Kompetenzen" auf das Stück Papier und unterstrich es zweimal. Dahinter notierte er: „freundlich, kommunikativ, als Chef überzeugend". Immerhin, das war schon etwas. Wenn er sogar dem unbestechlichen Blick einer alten Stammkundin standhielt, dann hatte er ohne Zweifel Zukunft als Bäcker. Aber das war natürlich nicht alles. Auch die Defizite sollten Erwähnung finden. Also schrieb er mit schonungsloser Offenheit das Wort „Defizite" auf und unterstrich es ebenfalls. „Kein gelernter Bäcker" war alles, was ihm hierzu einfiel. Nicht viel, aber er konnte den Punkt auch nicht übergehen, wenn er erfolgreich sein wollte. Wer den Bäckerberuf nicht gelernt hatte, der durfte sich backtechnisch nicht übernehmen. Statt zwanzig Brotsorten sollte er zunächst nur zwei oder drei anbieten. Vielleicht auch erstmal nur eine. Dazu musste er natürlich wissen, was von den Kunden am häufigsten gekauft wurde. Eine Zufriedenheitsstudie wäre sinnvoll, ließ sich aber in der Kürze der Zeit nicht umsetzen. Als Arbeitstitel eines Brotes für den Mainstream notierte Herr Ohlmann den Namen „Altenwälder Quark-Land-Brot."

Herr Ohlmann stand auf und schlenderte durch die Backstube. Hier hatte es alles, was er brauchte. Bottiche, Rührmaschinen,
und neben einem hochmodernen auch einen schönen altmodi-
schen Ofen mit langem Holzschieber. Warum sollte er hier nicht
noch arbeiten, bis er achtzig war? Es sprach doch eigentlich
nichts dagegen, der Menschheit auch die Reife seiner Schaffens-
kraft noch zur Verfügung zu stellen. Und das Brot, das er dann
zu backen in der Lage sein würde, würde sich fundamental von
den gut gemeinten Versuchen seiner Anfangsjahre unterscheiden. Ja, die Menschen müssten einfach einmal Geduld aufbrin-
gen, nicht bloß mit ihm. Dann – und nur dann – würde ihnen
dereinst viel Gutes widerfahren. Herr Ohlmann wusste das,
denn er war auch ein Guter. Die Ladenglocke läutete.

Der Autor

Björn Schmidt, Jahrgang 1974, hat neben diversen Kurzge-
schichten bislang zwei Romane vorgelegt und wurde insbesondere mit seiner Fan-Biographie "Das Leben ist ein Fußballspiel"
einem größeren Leserkreis bekannt. Mit Herrn Ohlmann verbin-
det ihn die Tatsache, dass auch er älter wird, was er besonders
an seinen beiden Kindern bemerkt. Lediglich seine Frau bleibt
konstant jung und schön - obwohl sie kein Yoga macht.

Zeitfracht Medien GmbH
Ferdinand-Jühlke-Straße 7
99095 Erfurt, Deutschland
produktsicherheit@kolibri360.de